Salah Naoura

Chris, der größte Retter aller Zeiten

Für Enno

Salah Naoura

Chris, der größte RETTER aller Zeiten

Roman

BELTZ
& Gelberg

Salah Naoura, geboren 1964, studierte Germanistik und Skandinavistik in Berlin und Stockholm und lebt heute als freier Autor und Übersetzer in Berlin. Er veröffentlichte bereits viele Kinderbücher, darunter auch solche für jüngere Leser wie *Dilip und der Urknall und was danach bei uns geschah* oder *Hilfe! Ich will hier raus!*.
Bei Beltz & Gelberg erschienen von ihm bereits *Matti und Sami und die drei größten Fehler des Universums,* das mit dem Peter-Härtling-Preis ausgezeichnet und für den Deutschen Jugendliteraturpreis nominiert wurde, und zuletzt der Roman *Star*.

Dieses Buch ist auch als E-Book erhältlich.
(ISBN 978-3-407-74609-2)

MIX
Papier aus verantwortungsvollen Quellen
FSC® C089473

Lektorat: Barbara Gelberg
Einband: formlabor, Hamburg
Einbandillustrationen: Regina Kehn
Satz, Typografie: Antje Birkholz
Druck und Bindung: Beltz Bad Langensalza GmbH, Bad Langensalza
Printed in Germany
ISBN 978-3-407-81198-1
1 2 3 4 5 6 19 18 17 16 15

1. Kapitel

DAS LIEBEVOLLSTE KIND

Es war mitten im sechsten Schuljahr, als der Vampir zu ihnen in die Klasse kam. Er trug schwarze Hosen und ein blutrotes T-Shirt, und Chris sah auf den ersten Blick, dass er dringend Hilfe brauchte, denn er war bleich und dürr und hatte tiefe, dunkle Schatten unter den Augen. Während Frau Vogler eine kleine Begrüßungsrede hielt und ihn vorstellte, stand er müde neben ihr, ließ seine langen Arme hängen und schwankte hin und her, als könnte er vor Schwäche jeden Moment umkippen. *Alles* an ihm hing: die Schultern, der Kopf und die Haare. Frau Vogler nannte seinen seltsamen Namen: Titus. Aber als sie erklären wollte, warum er mitten im Jahr die Schule wechselte, unterbrach er sie und verkündete:

»Ich bin ein Vampir.«

Als wäre es irgendeine logische Erklärung.

Die Klasse kicherte, und Frau Vogler wirkte etwas irritiert und schob zwinkernd ihre Brille, die dazu neigte, nach unten zu rutschen, wieder hoch. »Schön«, sagte sie. »Du kannst dich neben Christoph setzen.«

Der Vampir war zweifellos ein ganz normaler Mensch, denn er roch menschlich. *Ausgesprochen* menschlich, fand Chris.

»Hast du in den letzten hundert Jahren mal geduscht?«, fragte André vom Nachbartisch.

»Vampire brauchen nicht zu duschen«, informierte ihn der Neue. »Weil sie nicht schwitzen.«

»Dann bist du keiner«, erwiderte André.

Chris musterte den Neuen verstohlen und entdeckte auf dem roten T-Shirt in der Nähe des Kragens eine kleine, klebrige gekochte Nudel, die verriet, dass der Vampir normale Nahrung zu sich nahm. Außerdem hatte er am rechten Ellbogen eine rote Schürfwunde – also floss in seinen Adern Blut.

»Leo, würdest du bitte dein Picknick beenden, damit wir anfangen können?«, sagte Frau Vogler mit einem strengen Blick in die dritte Reihe.

Chris drehte den Kopf und sah, wie sich der coole Leo, der hinter ihm saß, grinsend eine dicke blaue Weintraube in den Mund steckte. Wie sich sein Gesichtsausdruck im nächsten Moment veränderte und ein heftiger Ruck durch seinen Körper ging. Und wie er die Augen aufriss und den Mund öffnete, um etwas zu sagen – doch es kam kein Ton heraus.

Frau Vogler runzelte die Stirn. »Leo?«

Leo liefen Tränen über beide Wangen. Sein Blick wurde panisch und sein Gesicht lief rot an. Offensichtlich war die Traube in seinem Hals stecken geblieben und versperrte nun die Luftröhre.

Frau Vogler rief »O Gott!«, ließ ihren Kuli fallen und rannte los, aber Chris war schneller. Mit einer einzigen geschmeidigen Bewegung sprang er erst auf Leos Tisch und dann auf der anderen Seite wieder herunter, packte Leo unter den Schultern und zerrte ihn von seinem Stuhl. Er umschlang ihn von hinten mit beiden Armen, verschränkte die Hände ineinander und zog mit aller Kraft dreimal in rascher Folge, wobei seine Fäuste sich in Leos Magengrube pressten. Beim dritten Mal kam die Traube wie eine kleine blaue Kanonenkugel aus Leos Mund geschossen und zerplatzte schmatzend an der Tafel.

Leo rang röchelnd nach Luft und Frau Vogler stieß einen Seufzer der Erleichterung aus und blickte Chris verdutzt an. »Woher wusstest du, was in einem solchen Fall zu tun ist?«

»*Erste Hilfe für Helfer,* Kapitel 3«, antwortete Chris. »Ertrinken und ersticken.«

In der großen Pause gab es einen Tumult. Fast die ganze Klasse umringte den Neuen und alberne Witzeleien über Untote prasselten auf ihn ein. Chris ging dazwischen und beendete das Durcheinander, indem er »Lasst ihn in Ruhe« sagte. Die Menge murrte und ein paar weitere Bemerkungen fielen. Dann aber zerstreute sie sich.

Der Neue starrte ihn eine ganze Weile an. »Wieso machst du das?«, fragte er schließlich.

»Was?«

»Mir helfen.«

Chris zuckte mit den Schultern und starrte zurück. Im hellen Sonnenlicht wirkte die Haut des Vampirs nicht nur blass, sondern fast schon grau. Seine Augen waren so rot, als hätte er die ganze Nacht am PC gesessen. Und er sah wirklich hungrig aus.

»Ich habe ein Käsebrot dabei«, sagte Chris. »Und ich hasse Käse«, log er. »Willst du's haben?«

Der Neue stürzte sich auf das Käsebrot und schlang es so gierig hinunter, wie Omas Foxterrier Rocco beim Metzger immer seine Wurst fraß – beinahe ohne zu kauen.

»Danke. Du bist echt komisch.«

Chris runzelte die Stirn. »Wieso komisch?«

»Weiß nicht.« Er wischte sich ein paar Krümel vom Mund. »Ungewöhnlich halt.«

Das stimmte.

Chris *war* ungewöhnlich. Beim letzten Elternsprechtermin hatte Frau Vogler mit Tränen in den Augen zu seiner Mutter gesagt: »Ihr Sohn ist das liebevollste Kind, das ich kenne. Er hilft anderen, wo er nur kann. Er ist großzügig und teilt alles, was er hat. Er schlichtet Streit. Er ist sehr beliebt und einstimmig zum Klassensprecher gewählt worden. Ich bin wirklich froh, ihn in meiner Klasse zu haben.« Und da Frau Vogler außer Mathe und Englisch auch Religion unterrichtete, fügte sie mit bebender Stimme hinzu: »Wäre Christoph nicht vor elf, sondern vor zweitausendfünfzehn Jahren geboren worden, hätten die Menschen ihn womöglich mit Jesus verwechselt. Nein wirklich, Frau Gerner, das meine ich vollkommen ernst!«

Interessanterweise hatte es bei Chris tatsächlich eine Verwechslung mit Jesus gegeben, was an Papas und Mamas dummer Angewohnheit lag, seinen richtigen Namen Christoph zu halbieren. Die Folge davon war, dass Chris als Vierjähriger bei seinem ersten Weihnachtsgottesdienst leider alles missverstand. Mama, Papa und er hatten vorne in der ersten Reihe gesessen, direkt vor dem Altar, und der Pfarrer hatte ihn angelächelt, während ringsum alle in der Kirche »Chris, der Retter ist da!« sangen (das jedenfalls verstand

Chris). Die alte Dame neben ihm nahm vor Rührung ihre Brille ab, um sich mit einem Taschentuch die Augen zu betupfen, und als sie bemerkte, dass Chris sie ansah, drückte sie seine Hand. Es war eine wirklich schöne Feier gewesen, und Chris hatte sich sehr gefreut, dass all diese netten Menschen in der Kirche sich so freuten, dass er da war. Und als der vielstimmige Gesang schließlich verhallte, war ihm außerdem auch völlig klar, aus welchem Grund er da war.

Um zu retten.

Seine Eltern waren davon nicht gerade begeistert, denn Chris rettete ausnahmslos alles und jeden. Er stülpte Gläser über Hausspinnen und trug sie in den Garten hinaus. Er pflegte aus dem Nest gefallene Vogelbabys und brachte ihnen in seinem Zimmer das Fliegen bei. Er hielt Kinder am Kragen und Omas am Ärmel fest, wenn sie eine Straße überqueren wollten – auch bei Grün. Er aß weder Fleisch noch Wurst, weil ihm die Schweine und Rinder leidtaten. Und er schimpfte sogar, wenn Papa eine Mücke totschlug. »Es ist gemein, jemanden umzubringen, nur weil er Hunger hat. Jeder hat doch Hunger«, sagte er und ließ sich lieber stechen.

Es war wirklich erstaunlich, fand Chris, wie viele Rettungen sich in einem Leben so ansammelten. Oft mehrere am Tag. Und die meisten Gefahrensituationen entstanden ärgerlicherweise, weil irgendjemand irgendetwas tat, ohne vorher nachzudenken.

Nachdem der Neue das Käsebrot gegessen hatte, wirkte er immerhin nicht mehr ganz so blass, stellte Chris zufrieden fest. Doch schon im nächsten Moment schien es ein weiteres Problem zu geben, denn ganz in der Nähe ertönte lautes Geschrei. Zwei gedankenlose Schülerinnen hatten im Sekretariat den Vogelkäfig geöffnet, während das Fenster offen stand, und Frau Rösners Wellensittich war torpedoschnell erst aus dem Käfig und dann durchs Fenster in die Freiheit hinausgeflattert. Nun hockte er auf einem Zweig der hohen Eiche, die in der Mitte des Schulhofs stand, legte den Kopf schief und betrachtete die Welt nachdenklich von oben.

»Lupo! Komm zurück, wir brauchen dich!«, rief Frau Rösner verzweifelt.

Lupo zeigte den Menschen, was er von ihnen hielt, und ließ einen Klecks Vogelkacke fallen.

»Mein Gott, die Katze wird ihn fressen! Oder er verhungert und verdurstet!«

Chris zog Schuhe und Socken aus und kletterte in beeindruckender Geschwindigkeit den Baum hinauf. Lupo, der ihn kommen sah, flatterte alle paar Sekunden ein paar Zweige höher.

Die Eiche war wirklich hoch. Von Zeit zu Zeit hielt

Chris inne und blickte sich um. Ringsum erstreckten sich Felder und Wiesen. Ganz in der Nähe lag der Sportplatz mit der staubig roten Aschebahn. Von weit unten riefen ihm die Kinder und Frau Rösner irgendetwas zu, doch die einzelnen Worte waren nicht zu verstehen. Chris spürte die Baumrinde unter seinen Fußsohlen. Der Baum schwankte ein wenig im Wind und schaukelte ihn, wie ein Willkommensgruß. Er kletterte höher und rutschte auf dem schmalen Ast direkt unterhalb von Lupo ein Stück weiter nach vorne. Der Ast knackte. Chris umschlang ihn mit den Beinen, hielt sich mit der rechten Hand fest und reckte die linke in die Höhe.

»Komm, Lupo. Na, komm.«

Der Wellensittich neigte den Kopf zur anderen Seite und beäugte ihn eine ganze Weile. Schließlich bewegte er seine Krallenfüße einmal, zweimal, dreimal, viermal seitwärts, bis er sich direkt über der Handfläche befand ... und hüpfte hinein.

Langsam, ganz langsam ließ Chris seine Hand mit dem Vogel darin sinken. Er streichelte ihm über den Kopf, steckte ihn vorsichtig in seine rechte Jackentasche und zog den Reißverschluss so weit zu, dass Lupo nicht entwischen konnte. Dann machte er sich an den Abstieg.

Die Schüler klatschten und pfiffen, als Chris unten

ankam, und Frau Rösner rief: »Bist du denn vollkommen verrückt geworden?« Aber als er ihr Lupo in die Hand drückte, war sie überglücklich.

Chris genoss den allgemeinen Jubel und drehte sich nach dem Neuen um. Doch der Vampir schien der Einzige zu sein, der nicht beeindruckt war. »Wie dämlich«, sagte er. »Du hättest tot sein können. Der Ast war viel zu dünn, der hätte jeden Moment brechen können.«

»Ach was, ich überlebe immer«, erwiderte Chris.

»Blödsinn«, sagte der Vampir. »*Niemand* überlebt immer.«

2. Kapitel

EINE SCHNECKE IN GEFAHR

Irgendetwas an dem Neuen interessierte Chris. Irgendetwas an ihm kam ihm bekannt vor, obwohl er nicht hätte sagen können, was es war. Er nahm sich vor, ihn nach dem Unterricht auf jeden Fall anzusprechen. Vielleicht musste der Vampir ja auch zur S-Bahn und der Bahnhof lag etwas entfernt, da blieb auf dem Weg genügend Zeit für eine Unterhaltung. Vorausgesetzt natürlich, dass Chris irgendetwas einfiel, denn Unterhaltungen waren nicht gerade seine Stärke. Doch zehn Minuten vor dem Klingeln sah der Vampir auf seine Armbanduhr, zuckte zusammen und packte in Windeseile seine Sachen. Dann sprang er auf und rannte zur Tür.

»Einen Moment bitte, junger Mann!«, rief Frau Vogler ganz empört. »Der Unterricht ist noch lange nicht ...«

Die Tür schlug zu.

Durch die Klasse ging ein Raunen, und Frau Vogler, die sonst jederzeit eine passende Bemerkung parat hatte, stand sprachlos da und wirkte wie versteinert – als hätte ein hochwirksamer Lähmungszauber des Vampirs dafür gesorgt, dass sie ihm nicht hinterherlief.

Nach dem Klingeln verließ Chris den Klassenraum als Letzter. Leo hatte ihm zum Abschied auf die Schulter geklopft und »Mann, Alter, das war echt knapp, danke noch mal!« gesagt. Die anderen nickten ihm wie immer kurz zu und drängten johlend zur Tür hinaus. André, Leo und Micha diskutierten lautstark über Bayern München. Inzwischen versuchten sie schon gar nicht mehr, ihn in ihre Gespräche mit einzubeziehen, weil sie wussten, dass er nicht so gerne redete.

Er nahm die S-Bahn Richtung Wannsee und fuhr die eine Station bis Mexikoplatz. Die Linden verloren bereits ihre Blätter und in den Vorgärten der Zehlendorfer Villen ragten Reihen sorgfältig zusammengerechter Laubhaufen auf wie kleine Gebirgszüge. Für die erste Oktoberwoche war es viel zu warm, nur ab und zu fegte von irgendwoher ein kalter Windstoß durch die Straßen, so überraschend, dass man unwillkürlich zusammenzuckte und erschauerte.

Chris schob mit jedem Schritt gelbes Laub vor sich her und schlurfte raschelnd den Bürgersteig entlang. Etwa auf der Mitte der kleinen Straße entdeckte er eine Schnecke, die mit unendlicher Langsamkeit über die Fahrbahn kroch. Wenn sie in diesem Tempo weitermachte, würde sie es mit Sicherheit nicht überleben. Er hockte sich neben sie und streichelte ihr übers Schneckenhaus, worauf sie ihre Fühler einzog. Als er die Schnecke mit Daumen und Zeigefinger packte, um sie vorsichtig vom Asphalt abzulösen, war plötzlich das Aufheulen eines Motors zu hören, und um die Ecke bog ein schwarzer Wagen und raste die schmale Straße entlang!

Chris hob den Kopf und blickte in zwei metallisch glänzende Scheinwerfer. In letzter Sekunde machte der Wagen einen Schlenker und schlitterte mit kreischenden Bremsen knapp an ihm vorbei auf einen Baum zu. Ein zweiter Schlenker, und das Auto drehte sich einmal um die eigene Achse, ehe es mit einem Ruck zum Stehen kam.

Es war ein schwarzer Jeep, so groß und breit, als litte er an Riesenwuchs – wie der lange Konrad aus Chris' Klasse, der jetzt schon Schuhgröße 48 hatte und Hände wie Bratpfannen. Der Fahrer des Jeeps (der erstaunlicherweise ziemlich klein war) stieg wütend aus und begann zu brüllen: »Bist du verrückt, hier mitten auf der Straße zu hocken? Fast hätte ich dich nicht gesehen!«

»Sie fahren viel zu schnell«, sagte Chris ganz ruhig. »Sie hätten fast diese Schnecke hier getötet.« Er hielt sie hoch.

Der Mann starrte Chris fassungslos an. Dann die Schnecke. Dann wieder Chris. »Du tickst wohl nicht richtig«, sagte er schließlich.

»Es muss doch niemand sterben, nur weil er langsam ist«, erwiderte Chris. »Mein Opa ist auch langsam.«

Der Mann stieg fluchend in seinen Wagen und fuhr davon.

Kurz nachdem Chris die Schnecke auf der anderen Straßenseite sicher im Gebüsch abgesetzt hatte, klingelte sein Handy. Er überlegte, einfach nicht ranzugehen, aber dann tat er es doch, zog es mechanisch aus der Hosentasche und drückte es an sein Ohr, ohne zuvor nachzusehen, wer es war. Er wusste es ohnehin, denn aus seiner Klasse rief ihn niemand an. Seine Eltern hatten ihm das Handy gekauft, um ihn jederzeit erreichen zu können, und bis jetzt war jedes Mal, wenn es klingelte, sein Vater dran gewesen.

»Hallo, Papa.«

»Hallo, Großer! Na, wie steht's?«

»Gut.«

»Wo bist du denn?«

»Kurz vor dem Bahnübergang.«

Ein Rauschen war zu hören – Papas typisches Schnaufen, wenn er sich ärgerte.

»Wollte Mama dich nicht von der Schule abholen?«

»Doch.« Seine Mutter versprach es ihm zwar regelmäßig, verschob es dann aber immer wieder, weil sie so ungern Auto fuhr. Inzwischen rechnete Chris schon gar nicht mehr damit. »Es ging ihr heute Morgen nicht so gut. Ich glaube, sie schläft.«

Wieder ein Rauschen. Dann ein Räuspern und Papas Stimme, die plötzlich verlegen klang. »Sohnemann, bei mir wird's heut ein bisschen später, ich fahre von der Kanzlei noch zu einem Termin ... Sag Mama Bescheid, okay?«

»Okay.«

»Und Chris?«

»Ja?«

»Wenn die Schranken unten sind, dann wartest du, klar?«

»Klar.«

Chris erreichte den Bahnübergang genau in dem Moment, als die roten Warnlichter zu blinken und die Warnglocken zu bimmeln begannen. Aber die Schranken waren noch oben, also brauchte er auch nicht zu warten, fand er. Ohne Eile schlenderte er über die Gleise und zog auf der anderen Seite kurz den Kopf ein, während die Schranke sich langsam herabsenkte. Sekunden später raste hinter seinem Rücken die S1 Richtung Berliner Innenstadt.

3. Kapitel

DIE KOMMISSARIN MIT DEN VIERZEHN LEICHEN

Die uralte Villa, in der Chris wohnte, stand unweit vom Bahnübergang in einer kleinen Kastanienallee und war vor mehr als hundert Jahren erbaut worden. Ein weißes, zweistöckiges Haus mit roten Giebeln und großen grünen Fensterläden, die Chris nicht leiden konnte, weil seine Mutter sie manchmal mitten am Tag schloss, wenn das Sonnenlicht so grell war, dass sie Migräne bekam. Glücklicherweise konnte er in diesen Fällen einfach die Treppe hinuntergehen, zu seinen Großeltern, die die Läden immer offen ließen. Außerdem befand sich bei Oma und Opa im Erdgeschoss ein kleiner Wintergarten mit großen Fensterscheiben, die bis zum Boden reichten, und einem schrägen Glasdach – der hellste Platz im ganzen Haus. Dort lag Chris dann, wenn Mama oben alles abgedunkelt hatte, auf Omas altem Sofa zwischen Palmen, Olivenbäumen und Kakteen und schaute zu, wie die Wolken, die am strahlend blauen Himmel dahinzogen, ununterbrochen ihre Form veränderten.

Chris stieß die Gartenpforte auf und schritt den gepflasterten Weg entlang zum seitlich gelegenen Haupteingang, und als er einen Blick über den Maschendrahtzaun zum Nachbargrundstück hinüberwarf, sah er das hagere Mädchen, das seit Beginn des neuen Schuljahrs dort wohnte, auf ihren dünnen Storchenbeinen über den gepflegten Rasen staksen, der Oma Kaminskis ganzer Stolz gewesen war.

Oma Kaminski, eine nette Achtzigjährige von so zarter und zierlicher Statur, dass jeder kräftige Wind sie fortgeweht hätte, hatte ihr Leben lang im Nachbarhaus gewohnt. Es leuchtete sonnengelb und hatte mehrere kleine Türmchen und einen Vorbau mit einer Dachterrasse darauf. Dort oben hatte Oma Kaminski jeden Morgen gesessen und ihren geliebten Filterkaffee getrunken, eine ganze Kanne voll. Bis zu dem Tag, an dem ihre beiden Söhne kamen, um ihr mitzuteilen, dass das Haus verkauft werden würde und sie ausziehen müsse. Oma Kaminski weigerte sich, doch es nützte nichts. Chris hatte mitangesehen, wie die beiden Riesensöhne ihre kleine Mutter unter den Armen packten, einer links, einer rechts, sie ein wenig anhoben, sodass ihre Füße ein paar Millimeter über dem

Boden schwebten, und durch den Garten zum Auto trugen. Ihre kleine, knochige Hand winkte ihm zum Abschied zu, als der Wagen davonfuhr.

Chris hatte Oma Kaminski sehr gemocht, denn sie war eine seiner besten Rettungskundinnen gewesen. Unzählige Male hatte er ihr geholfen, und einmal war er, nachdem sie sich ausgesperrt hatte, sogar an der Regenrinne bis zur Dachterrasse hinaufgeklettert und dort über die Brüstung gestiegen, um die angelehnte Balkontür aufzudrücken und der alten Nachbarin von innen die Haustür zu öffnen.

Das spindeldürre Mädchen kam zum Maschendrahtzaun und lehnte sich dagegen. Ihre graugrünen Augen musterten Chris durch zwei nebeneinanderliegende Maschen hindurch, sodass es fast aussah, als trüge sie eine dünne Drahtbrille.

»Ich heiße Emma. Wir wohnen jetzt hier.«

Sie war jünger als er, und ihr glattes rotblondes Haar wehte bei jedem Luftzug hin und her.

»Habt ihr zufällig eine Oma, die sehr vergesslich ist?«, erkundigte sich Chris.

»Nein.« Emma pustete sich eine rote Strähne aus dem Gesicht. »Aber wir haben Guppys.«

»Guppys? Was sind denn Guppys?«

»Fische. Sehr kleine Fische, total süß. Bei mir im Zimmer steht ein ganzes Aquarium voll mit Guppys.

Die kriegen sogar Kinder. Ganz, ganz viele. Und die Kinder sind am Anfang so miniklein, dass man sie fast nicht sehen kann.«

Winzige Fische waren so ziemlich das Langweiligste, was Chris sich vorstellen konnte.

»Übrigens gehe ich auf die Nord«, informierte ihn Emma und zwängte ihre rechte kleine Hand durch eine Drahtmasche. »In die Klasse 4a. Gehst du auch auf die Nord?« Ihr dürrer Zeigefinger deutete auf seine Brust.

Chris wäre nicht im Traum eingefallen, ihr zu verraten, dass er ebenfalls auf die Nordschule ging. Womöglich kam dieses Mädchen aus der Vierten noch auf die Idee, morgens mit ihm zusammen dieselbe S-Bahn nehmen zu wollen. Wenn man sie zusammen sah, würde er von den anderen Jungen in seiner Klasse nichts als Spott und Hohn ernten. Besonders von André.

»He!« Ihr Finger wackelte auf und ab. »Wie heißt du überhaupt?«

»Chris.«

»Und? Gehst du auf die Nord? Wenn du nämlich auch auf die Nord gehst, können wir morgens ja zusammen zur S-Bahn laufen.«

Na bitte.

»Nein«, sagte Chris.

»Meinst du: Nein, ich geh nicht auf die Nord, oder: Nein, ich laufe nicht mit dir zur S-Bahn?«

Chris überhörte die Frage einfach und kramte in seiner Jackentasche nach dem Schlüssel. Dann steuerte er auf die Haustür zu.

»Heee!«, brüllte die Kleine ihm hinterher. »Ich hab diesen Sommer ein Meerschweinchen gerettet! Aus dem Meer!«

Er drehte sich wieder um.

»Du spinnst.«

Emma schüttelte den Kopf.

»Aber doch nicht aus dem Meer!«

Sie nickte.

»Erzähl.«

»Meine beste Freundin hat gedacht, weil Meerschweinchen Meerschweinchen heißen, bedeutet das, sie sind gern im Meer. Also hat sie ihr Meerschweinchen in der Ostsee schwimmen lassen, als wir in Warnemünde waren. Und das Meerschwein ist im Meer total durchgedreht und hat gefiept und wäre fast ertrunken. Ich habe es gerettet, es auf meine Luftmatratze gesetzt und an Land gezogen.«

Chris freute sich sehr über die gelungene Rettung. »Es hat überlebt, weil du ihm geholfen hast«, lobte er.

»Nein, eine halbe Stunde später starb es leider«, sagte Emma. »Herzinfarkt. Vor Aufregung, hat der

Tierarzt uns erklärt. Es fiel um und war mausetot.« Sie dachte kurz nach und korrigierte sich: *»Meerschweinchentot.«*

»Oh. Das tut mir leid.«

»Man gewöhnt sich dran. Ich hab ja echt schon viele Leichen gesehen. Später werde ich mal Kommissarin, da ist es gut, wenn es mir nicht mehr so viel ausmacht.«

»Wie viele denn?«

»Vierzehn.«

»Du spinnst.«

Emma schüttelte den Kopf und die Finger ihrer durch die Zaunmasche gesteckten Hand zählten auf: »Meinen Opa, der starb letztes Jahr. Dann das Meerschweinchen, dieses Jahr. Dann neulich ein Igel, der war überfahren. Dann der Hund von meiner Tante, der war schon alt. Und dann zehn Guppys.«

Chris musste lachen.

»Was gibt's denn da zu lachen! Guppys zählen auch.«

»Stimmt, da hast du recht«, entschuldigte sich Chris. »Die zählen auf jeden Fall.«

»Ich finde eure Blumen toll«, sagte Emma. »Und euer alter Gärtner ist echt nett.«

»Das ist mein Opa.«

»Aber er war bestimmt mal Gärtner!«

»Nein, früher war er Schreiner.«

»Mist, das hätt ich wirklich nicht gedacht. Kann ich mal kurz rüberkommen und mir den Garten angucken?«

Chris war sich unsicher, ob eine spontane Führung in Ordnung war, denn seine Mutter fühlte sich durch Besucher schnell gestört. Er zögerte einen Moment, während Emma ihn durch die Maschen hindurch fragend anblickte, dann aber setzte er seine Schultasche ab, winkte sie herüber und sie stapften am Haus vorbei in den Garten.

Das Laub der beiden Ahornbäume färbte sich schon rötlich, doch für die Jahreszeit blühte noch erstaunlich viel. Chris kannte alle Pflanzennamen und zählte sie auf: »Hortensien, Chrysanthemen, Funkien, Fuchsien, Petunien und dahinten Lampenputzergras – das Zeug, das wie Riesenschnittlauch mit drangeklebten Flaschenbürsten aussieht.«

»Hübsch«, sagte Emma.

Als sie vor dem Rosenbeet standen, hob Chris kurz den Kopf und meinte oben im ersten Stock das kurze Flattern einer Gardine bemerkt zu haben. Es war ein sehr großes Beet. Kreisrund und mit prächtigen Blüten, die schwer herabhingen.

»Orangene Rosen hab ich noch nie gesehen«, wunderte sich Emma.

»Mein Opa sagt, die sind nicht orange, sondern *apprikoo*«, erwiderte Chris.

Sie wollten gerade weitergehen, da spürte er, wie sich von hinten eine Hand auf seine Schulter legte, und als er sich umdrehte, stand seine Mutter vor ihm. Alles an ihr schien kraftlos nach unten zu hängen: die Schultern, die Arme – sogar ihre lange Strickjacke, deren dicke Wollmaschen an das Kettenhemd eines Ritters erinnerten. Ihr Gesicht war sehr blass, und Chris befürchtete schon, dass Emma sich erschrecken würde, aber zu seiner Überraschung trat sie einen Schritt vor und gab ihr die Hand.

»Ich bin Emma aus dem Nachbarhaus. Die Rosen sind echt schön, aber wissen Sie, was hier an dieser Stelle noch viel toller wäre?«

Chris biss sich auf die Lippen.

»Nein?«, sagte seine Mutter und blickte Emma fragend an.

»Ein Teich! Mit kleinen Fischen. Das wäre echt der beste Platz.«

Es war offensichtlich, dass Mama wenig von dem Vorschlag hielt, denn Chris sah, wie sie kurz die Augen schloss, wie immer, wenn sie etwas kaum erträglich fand. Sie atmete tief durch, schlug die Augen wieder auf und sagte:

»Es war nett, dich kennenzulernen, Emma, aber

ich denke, du gehst jetzt besser nach Hause. Grüß deine Eltern.«

Emma guckte ganz erschrocken.

»Okay«, sagte sie und lief eilig davon.

»Emma?«, rief Mama ihr hinterher.

»Ja?«

»Gehst du zufällig auf die Nordschule?«

»Ja!«

»Wie schön. Dann könnt ihr morgens ja zusammen zum S-Bahnhof laufen. Chris fährt immer um halb acht.«

4. Kapitel

KÖNIGIN UND LANDSTREICHER

Omas Foxterrier Rocco begrüßte ihn mit freudigem Gebell, als Chris unten in die Küche kam. Rocco war ein schwarzbraun und weiß gescheckter Hund mit glattem Fell und schon als kleiner Welpe in die Familie aufgenommen worden. Oma liebte ihn über alles und unternahm mit ihm jeden Tag lange Spaziergänge, auf denen er sich die Pralinen wieder abtrainieren sollte, mit denen sie ihn gerne fütterte. Dennoch wirkte er ein wenig rundlich, was jedoch gut zu Oma passte, die ebenfalls recht kompakt gebaut war.

»Mama hat gesagt, du kochst grad was, sie ist oben im *Zimmer*«, sagte Chris.

Seine Oma stieß ein verächtliches Schnauben aus. Sie mochte es ganz und gar nicht, wenn ihre Tochter in diesem *Zimmer* verschwand, manchmal für Stunden. »Du kannst Äpfel schnippeln«, sagte sie zu Chris, während sie mit ihrem geliebten Sparschäler in null Komma nichts eine Kartoffel schälte. »Hier.« Sie schob ihm das Obstmesser hin.

Chris hatte eigentlich keine große Lust, aber Oma war der Boss im Haus und sagte jedem, was zu tun war. Sie behielt stets den Überblick und strahlte etwas Herrschaftliches aus, selbst wenn sie so einfache Dinge tat wie Gemüse putzen. Mit perfekt gewelltem weißen Haar und elegant zur Seite abgewinkelten Beinen saß sie auf dem alten Küchenklappstuhl wie eine Königin auf ihrem Thron. Ihre Füße, die in sandfarbenen Schuhen mit halbhohen Absätzen steckten, waren graziös übereinandergeschlagen, und sie trug einen kaffeebraunen Rock und darüber einen grobmaschigen Pullover aus heller Angorawolle. Der Riesenkragen ihres Pullovers schmiegte sich kuschelweich an ihren Hals.

Chris hatte keine Ahnung, wie seine Oma es immer schaffte, so tadellos auszusehen. Beim Kochen benutzte sie niemals eine Küchenschürze. »Wozu ziehe ich mich schön an, wenn man dann nichts davon sieht?«, pflegte sie zu sagen. Und wie durch Zauberei spritzte, wenn sie am Herd stand, nichts aus den Töpfen. Auf die Pfanne kam ein Deckel, und die Abzugshaube saugte pflichtbewusst alle Gerüche auf, damit Omas Kleidung später nicht nach Essen roch.

»Irgendwelche wichtigen Rettungen heute?«, erkundigte sie sich und blickte Chris über die halbmondförmigen Gläser ihrer Nahsichtbrille hinweg fragend an.

»Eine Schnecke, ein Wellensittich und ein Junge, dem eine Traube im Hals steckte.«

»Alle Achtung. Gut gemacht, Schatz!«

Eine Weile schälten und schnippelten sie schweigend vor sich hin.

Rocco begann plötzlich mit dem Schwanz zu wedeln und rannte zur Tür, und im nächsten Moment kam Opa hereingeschlurft und tätschelte dem Terrier, der fiepend und winselnd an ihm hochsprang, den Kopf.

»Rocco, bei Fuß!«, rief Oma, worauf ihr Hund sich eilig unter dem Küchentisch verkroch. »Was willst *du* denn hier?«, giftete sie Richtung Tür, ohne beim Schälen den Kopf zu heben.

Chris hatte sich mit der Zeit daran gewöhnt, dass Oma nicht besonders nett zu Opa war. Obwohl ihm ihr Ton rätselhaft erschien, weil er seinen Großvater für den besten Mann hielt, den Oma sich nur wünschen konnte: Opa kümmerte sich um den großen Garten. Er tat alles, was Oma sagte. Er las ihr fast jeden Wunsch von den Augen ab und schaffte es sogar, nett zu ihr zu sein, obwohl sie ihn meistens nicht einmal beachtete – es schien ihm erstaunlicherweise kaum etwas auszumachen.

»Hallo, Chris«, sagte Opa.

»Hallo, Opa.«

»Ich habe einen Rüsselkäfer für dich, zum Retten.« Er stellte ein verschlossenes kleines Einweckglas mit einem Insekt darin auf den Tisch.

Oma kreischte auf. »Nimm das Vieh da weg!«

»Aber er ist doch im Glas«, sagte Chris. »Der tut doch nichts. Danke, Opa.«

Sein Großvater lachte. »Von wegen, der tut nichts! Der frisst den ganzen Garten auf! Trag ihn in den Wald, aber nicht zu nah.«

»Mach ich.«

»Was gibt's denn heut zu essen?« Opa warf einen neugierigen Blick Richtung Herd.

»Es gibt noch gar nichts, raus aus meiner Küche!«, blaffte Oma und warf eine geschälte Kartoffel in den Topf, der vor ihr stand. »Geh zurück in deinen Dreckschuppen!«

Opa machte kehrt und verließ die Küche. Chris blickte ihm nach. Sein graues Haar war zerzaust und stand nach allen Seiten ab, als wäre er eben erst von einem Nickerchen erwacht. Seine Hose war von der Gartenarbeit dreckig und fleckig, und das karierte Holzfällerhemd, das er trug, hatte am linken Ärmel und hinten auf dem Rücken zwei Risse – wahrscheinlich von den Brombeeren.

»Aber geh bloß nicht wieder in den Wald!«, rief Oma ihm noch hinterher.

Seltsamerweise litt Opa seit einigen Jahren unter einer ausgeprägten Orientierungsschwäche, wenn er Bäume sah – sogar in winzig kleinen Waldgebieten, aus denen jedes Kind mit Leichtigkeit herausgefunden hätte. Sobald in seiner Nähe Baumkronen rauschten oder Unterholz knackte, fiel er in eine rätselhafte Schockstarre und wusste nicht mehr, wo er sich befand. Chris erinnerte sich, wie Oma zum ersten Mal die Feuerwehr gerufen hatte, die Opa schließlich von einem Hochsitz holte, auf dem er vier Stunden lang gesessen hatte, ohne sich zu rühren. »Warum sind Sie denn nicht einfach gegangen?«, hatte einer der Feuerwehrmänner ihn gefragt. »Ich wusste nicht, wohin«, hatte Opa geantwortet.

Oma warf platschend die nächste Kartoffel in den Topf voll Wasser. »Dein Großvater sieht aus wie ein Landstreicher!«, schimpfte sie.

»Könntest du nicht trotzdem ein bisschen netter zu ihm sein?«, fragte Chris.

»Nein, und du weißt auch, warum!«

»Nein, weiß ich nicht. Warum?«

»Frag Opa«, brummte sie.

An diesem Abend lag Chris bereits in seinem Bett und hatte die Augen zu, als er das unverkennbare Knistern von Barthaaren hörte, die sein rechtes Ohr streiften. Gleichzeitig stieg ihm der vertraute herbe Duft eines Männerparfüms in die Nase.

»Hallo, Papa«, sagte er und schlug die Augen wieder auf.

»Du schläfst noch gar nicht?«, flüsterte Papa im Halbdunkel.

»Nein. Wo warst du denn?«

»Ich musste mich noch mit einem meiner Mandanten treffen. Du weißt doch, was ein Mandant ist, oder?«

»Klar.«

Papa erzählte nie sehr viel von seiner Arbeit, aber Chris wusste, dass Mandanten verheiratete Leute waren, die sich scheiden ließen und darum stritten, bei wem die Kinder wohnen würden und wer wie viel Geld für sie bezahlen musste. Und für diesen Streit brauchten sie Papas Hilfe. Chris war eigentlich sehr froh, dass Papa so selten über Mandanten sprach, denn jedes Mal, wenn er es tat, wurde Chris nachdenklich und fragte sich, bei wem er selber wohl am liebsten wohnen würde, falls seine Eltern eines Tages auch einmal Mandanten werden sollten. Und die ehrliche Antwort, auf die Chris jedes Mal nach langem Grübeln kam, lautete leider immer gleich, nämlich »Bei Oma und bei Opa«.

»Warum kannst du die Mandanten denn nicht früher treffen und früher nach Hause kommen?«

»Das geht bei vielen nicht«, erklärte Papa. »Die meisten müssen tagsüber arbeiten und haben erst nach Feierabend Zeit. Hattest du was auf?«

»Nur Mathe, das ging schnell.«

»Und wie lief's mit Mama?«

»Nicht so gut.«

Chris hatte seiner Mutter nachmittags einen Kräutertee gemacht und ihn ihr auf einem Tablett ans Sofa gebracht, wo sie seit dem Mittagessen lag. Er hatte sogar die Fensterläden geschlossen und ihr die Stirn massiert, aber leider hatte es nicht viel geholfen.

»Danke für deine Hilfe«, sagte Papa. »Übrigens, mein Großer ... Nur falls du es vergessen hast: Nächste Woche wirst du zwölf!«

»Das hab ich nicht vergessen.«

»Natürlich nicht, das weiß ich doch. Also, was wünschst du dir?«

»Dass wir was Schönes unternehmen. Nur wir beide.«

»Achterbahn im Hansa-Park?«

»Nein. Lieber ins Schwimmbad. Das wünsch ich mir schon lange. Und hinterher Burger essen.«

Papa schwieg eine Weile und schnaufte leise im Dunkeln vor sich hin, während er nachdachte.

»Das wird Mama nicht erlauben. Alles außer Schwimmen, okay?«

»Nein, nicht okay. Schwimmen.«

Sein Vater strich ihm eine Millionstelsekunde lang über die Wange. Dann sagte er »Gute Nacht« und ging hinaus.

5. Kapitel

DIE BIBLIOTHEK DER UNAUSGELIEHENEN BÜCHER

Am nächsten Morgen verließ Chris das Haus zehn Minuten früher als gewöhnlich, um sich im Schutz der Morgendämmerung am gelben Nachbarhaus vorbeizustehlen. Zufällig war es einer der ersten Tage im Jahr, an denen der Frühnebel in dichten Schwaden durch die kleinen Straßen zog, und Chris freute sich, dass er ihn auf seinem Weg zum Bahnhof einhüllte wie ein Tarnumhang, der unsichtbar machte. Ein Tarnumhang, der ihn vor Emma schützte.

Als er am Bahnübergang ankam, waren die Schranken gerade geschlossen, und der vorbeidonnernde Zug rührte die milchig weiße Nebelsuppe so kräftig durcheinander, dass sie für ein paar Augenblicke in höhere Luftschichten aufstieg.

»Huhuuuuuuuuuu, Chriiiiiiiiiis!«, rief eine durchdringende hohe Stimme irgendwo hinter ihm. Chris blieb seufzend stehen und wartete, bis Emma ihn eingeholt hatte.

Auf der Fahrt zur Schule wollte sie wissen, weshalb seine Mutter sie am Tag zuvor so plötzlich nach Hause geschickt hatte.

»Habe ich irgendwas Schlimmes gemacht?«, fragte sie.

»Nein, hast du nicht.«

Was sollte er ihr sagen? Seiner Mutter ging es nicht besonders gut, deswegen war sie manchmal schnell gereizt und anderen gegenüber ungeduldig. Auch bei Freunden und Verwandten. Mamas Geschwister, Onkel Henri, Tante Anne und Tante Mina, durften schon seit Jahren nicht mehr zu Besuch kommen – Chris hatte keine Ahnung, worum es bei dem Streit eigentlich ging. Und wenn die drei doch einmal vorbeikamen, um Oma und Opa zu besuchen, verriegelte Mama oben die Wohnungstür und legte sich ins Bett.

Ihre beste Freundin Theresa, die eigentlich Chris' Patentante war, hatte sich nicht mehr gemeldet, seit sie von Mama aus dem Haus geworfen worden war. Chris hatte Tante Theresa, die in Ratzeburg wohnte, zum letzten Mal vor drei Jahren in den Sommerferien besucht.

»Was möchtest du am liebsten machen?«, hatte Tante Theresa ihn damals gefragt.

»Mein Seepferdchen«, hatte Chris geantwortet.

In diesem Sommer war Theresa mit Chris jeden Tag ins Schwimmbad gegangen, um ihm das Schwimmen beizubringen. Und am letzten Tag waren sie sogar zusammen im Ratzeburger See geschwommen! Aber als er nach Hause kam und voller Stolz seine Badehose mit dem aufgenähten Seepferdchen zeigte, bekam Mama einen Wutanfall.

»Wie kommst du dazu, ohne unsere Erlaubnis mit Chris schwimmen zu gehen!«, brüllte sie Theresa am Telefon an.

Theresa legte auf, setzte sich sofort in ihren Fiat und fuhr nach Berlin. Papa hatte sie hereingelassen, aber keine zehn Minuten später war sie von Mama wieder hinausgeworfen worden. Seitdem hatte Chris zwar eine Badehose mit Schwimmabzeichen, dafür aber keine Patentante mehr.

»Meine Mutter mag nicht so gerne viele Menschen um sich«, sagte Chris zu Emma. »Ist eben so.«

Eigentlich war es nur die halbe Wahrheit, denn manchmal wollte Mama auch genau das Gegenteil. Zu seinem zwölften Geburtstag plante sie eine große Party, zu der alle aus seiner Klasse kommen sollten. Einen ganzen Tag lang hatte sie sich mit Malstiften und Buntpapier hingesetzt und eine Einladung entworfen, Papa hatte die Zeichnung dann eingescannt, und nun lagen in Chris' Schultasche fünfundzwanzig ausgedruckte Einladungen, die er an seine Mitschüler verteilen sollte.

»Ich hab einen Guppy, der auch lieber in Frieden gelassen werden will«, erzählte Emma. »Er heißt Friedolin und versteckt sich immer hinter dem kleinen Seeräuberschiff, das unten im Aquarium liegt. Und in dem Schiff ist eine kleine Playmobil-Truhe mit Piratengoldmünzen. Vielleicht will Friedolin ja den Schatz behüten.«

Chris nickte. »Vielleicht.«

»Es gibt nämlich immer für alles einen Grund, egal für was. Genauso wie im Krimi!«

»Du wirst bestimmt mal eine gute Kommissarin.«

Emma stieß vor Freude einen kleinen Gluckser aus und grinste ihn an.

Der Vampir schlief gleich in den ersten zehn Minuten der ersten Stunde ein. Er hatte die Arme auf den Tisch gelegt und sein Gesicht darin vergraben wie in einem Kissen. André beugte sich schnuppernd kurz zu ihm hinüber und verkündete, dass der Neue inzwischen offenbar mit Wasser und Seife in Berührung gekommen sei.

Chris ärgerte sich darüber und wollte gerade etwas erwidern, als Herr Knoppke, der Ethiklehrer, ihm zuvorkam. »Spart euch eure dummen Witze«, sagte er. »Und weckt ihn nicht. Wer so schnell einschläft, hat es nötig.«

In der großen Pause ging Chris hinauf in die Schülerbücherei, die, wie immer, fast menschenleer war. Nur zwei kleine Mädchen standen flüsternd vor den Regalen mit den Feenbüchern, und Frau Hörnung saß am Ausleihtresen und las einen ihrer geliebten ziegelsteindicken Romane über tragische Frauenschicksale.

»Chris!«, rief sie, als er zur Tür hereinkam. »Wie schön, dass wenigstens *du* von Zeit zu Zeit mal kommst! Ich verstehe das einfach nicht: Nun haben wir endlich eine schöne, kleine Bücherei und sie wird leider kaum genutzt. Wenn ich doch nur wüsste, was der Grund ist!«

Frau Hörnung war die Mutter einer Schülerin aus der 5b und hatte jahrelang darum gekämpft, dass die Schule eine Schülerbücherei bekam. Sie hatte Spendengelder gesammelt und zusammen mit drei anderen Müttern den Raum gestrichen, Regale aufgebaut und das gemütliche Sofa für die Leseecke die vielen Stufen in den zweiten Stock hinaufgeschleppt. Jetzt war die Bücherei fertig, aber es kam fast niemand, um Bücher auszuleihen.

Chris hätte Frau Hörnung sofort sagen können, was der Grund dafür war – nämlich sie selbst. Doch er tat es lieber nicht. Frau Hörnung ließ die Kinder einfach nicht in Ruhe. Sie redete und redete und hörte nicht mehr auf. Sie war ausgesprochen neugierig, und wer sich bei ihr ein Buch auslieh, musste leider damit rechnen, dass sie einen Haufen Kommentare dazu machte. Daher standen die meisten Bücher der Schülerbücherei schon so lange unausgeliehen in den Regalen wie das zerfledderte Foto-Sexbuch, in dem die Schüler immer nur heimlich blätterten.

Als Chris seine zwei mitgebrachten Bücher auf den Rückgabetisch legte, setzte gerade André zum ersten Mal seinen Fuß in die Bücherei, und Frau Hörnung rief:

»Ach, lieber André! Wie schön, dass du kommst! Kann ich dir irgendwie helfen?«

»Ich brauche ein Buch über Ballett«, sagte André.

»Über Ballett!«, rief Frau Hörnung. »Wie ungewöhnlich. Du bist der erste Junge, der sich ein Ballettbuch ausleiht.«

Die beiden Mädchen am Feenregal kicherten.

»Es ist für meine Schwester«, stellte André klar.

Frau Hörnung blickte ihm tief und vielsagend in die Augen. »Natürlich, für deine Schwester, für wen auch sonst?«, sagte sie. »Aber, glaub mir, es ist ab-so-lut nichts dabei, sich als Junge für Tanz zu interessieren! Tanzen ist etwas sehr, sehr Schönes. Hier drüben haben wir übrigens auch Bücher über besondere Berufe ...« Sie zog ein dickes Buch mit dem Titel *100 untypische Jungenberufe* aus dem Regal. »Da drin gibt es auch ein Kapitel über Ballett«, sagte sie. »Und darüber, wie man ein berühmter Tänzer wird.«

»Es ist aber trotzdem für meine Schwester«, wiederholte André.

Frau Hörnung fielen spontan noch weitere Titel ein, die sie André zu dem Thema sehr empfehlen konnte. Sie lief rasch nach hinten zu den Sachbüchern, und als sie wenig später mit einem kleinen Rollwagen voller schwankender Bücherstapel zurückkehrte, hatte André – wie schon so viele vor ihm – bereits die Flucht ergriffen.

»Ja, aber wo ist er denn hin?«, fragte Frau Hörnung.

»Er musste leider dringend weg und kommt bestimmt bald wieder«, behauptete Chris, damit Frau Hörnung sich nicht aufregte. »Inzwischen können Sie ja *mir* vielleicht noch was empfehlen?«

Sie betrachtete die beiden Bücher, die Chris zurückgebracht hatte. »Hm. *Erste Hilfe für Helfer* und *Fliegende Ärzte im Einsatz*«, murmelte sie und warf einen Blick in das nächste Regal. »Wie wäre es mit *Überleben in der Wüste*?«

Chris schüttelte den Kopf.

»Vorsicht vor Giftschlangen?«

»Nein.«

»Lawinen?«

»Eher nicht.«

»Vulkanausbrüche und Erdbeben?«

»Das gibt es hier ja nur so selten«, erwiderte Chris.

Am Feenregal war ein spitzer, schriller Schrei zu vernehmen, dann kreischte eins der Mädchen: »Hilfe! Ein Vampir!« Ihre vor Schreck weit aufgerissenen Augen starrten in den Gang mit den Krimis, aus dem in diesem Moment eine dürre, bleiche Gestalt hervortrat, die einen langen schwarzen Mantel trug.

»Den hatte ich ja gar nicht bemerkt«, sagte Frau Hörnung verdutzt.

Der Vampir steuerte eilig auf die Tür zu.

»Hallo, Titus«, sagte Chris, der schon die ganze Pause über Ausschau nach ihm gehalten hatte, um ihm die Einladung zur Geburtstagsfeier zu überreichen – im Grunde war der Neue der Einzige in seiner Klasse, über dessen Kommen er sich wirklich gefreut hätte.

Der Vampir hatte die Arme an seinen Körper gepresst, als wäre ihm kalt. Er hielt sich mit einer Hand den offenen Mantel zu und schritt zur Tür hinaus.

»Warte doch mal!« Chris schnappte sich seinen Umschlag mit den Einladungen und rannte hinterher.

»Ja, aber willst du denn gar nichts ausleihen?«, rief Frau Hörnung.

»He, Titus!«

Seltsamerweise beschleunigte der Vampir seine Schritte, anstatt stehen zu bleiben. Und als Chris zu rennen begann, begann er ebenfalls zu rennen – leicht vornübergebeugt, sodass es aussah, als hätte er Bauchschmerzen. Kurz vor der Feuertür stolperte er und streckte, um nicht hinzufallen, seine Arme aus.

Chris hörte, wie etwas herunterfiel. Mit einem dumpfen Geräusch schlug es auf dem Boden auf, und als er den Blick senkte, sah er auf dem schmutzig grünen Linoleum drei kleine Bücher liegen.

Der Vampir bückte sich und hob sie hastig auf. Dann öffnete er die dicke Glastür und flüchtete den Gang hinunter.

6. Kapitel

DER ZETTEL MIT DEM SELTSAMEN WORT

Was um alles in der Welt hatte den Vampir dazu veranlasst, drei Bücher aus der Schülerbücherei zu klauen? Chris wäre nicht im Traum eingefallen, irgendwem davon zu erzählen, denn wenn die Sache herauskam, musste Titus die Schule, kaum dass er angekommen war, womöglich gleich wieder verlassen, und das wollte Chris auf keinen Fall. Der Neue war anders als alle anderen in seiner Klasse, und irgendeine innere Stimme sagte Chris, dass er in Schwierigkeiten steckte und Hilfe brauchte. Also war es wichtig, sein Vertrauen zu gewinnen und ihn besser kennenzulernen.

Vielleicht würden sie ja sogar Freunde werden?

Den Rest der großen Pause grübelte Chris darüber nach, was an den drei Büchern so peinlich gewesen sein mochte, dass Titus sich nicht getraut hatte, sie auszuleihen. Waren es Bücher über Vampirismus? Über Drogen? Über Sex? Chris ging zur Bücherei zurück und schaute im letzten Gang ganz hinten nach, ob das Foto-Sexbuch noch an Ort und Stelle stand. Es war noch da. Er lieh sich ein Buch über *Bedrohte Tierarten in deutschen Wäldern* aus, lehnte die Bücher über Tiere auf den Galapagosinseln, die Frau Hörnung ihm empfahl, höflich, aber bestimmt ab und machte sich auf den Weg zum S-Bahnhof. Der Rest der Klasse hatte noch Sport und war mit dem Bus zum Schwimmbad gefahren. Aber da Chris vom Schwimmunterricht befreit war, hatte er an diesem Tag früher Schluss.

Auf dem S-Bahnsteig setzte er sich auf eine der ungemütlichen Stahlgitterbänke, ließ die Beine baumeln und die Schuhe schleifen. »Du machst die Sohlen kaputt!«, schimpfte die alte Frau, die neben ihm saß. Er stand auf und schlenderte ein Stück den Bahnsteig entlang, und als er gerade den Kopf hob, um auf die Zuganzeige zu schauen, erspähte er weiter hinten eine wohlbekannte dürre, bleiche Gestalt, die auf der anderen Seite des Bahnsteigs stand. Gerade fuhr die S-Bahn Richtung Innenstadt ein und hielt mit einem Ruck, die Türen sprangen knallend auf, und Chris sah, wie der Vampir in einen der vorderen Waggons stieg.

»Zurückbleiben bitte!«

Chris trat einen Schritt vor und zögerte. Er war nach der Schule noch nie woanders hingefahren als nach Hause. Doch seine Neugierde überwog. Wo würde der Vampir aussteigen? Wo wohnte er? Wozu brauchte er die geklauten Bücher? Im allerletzten Moment, kurz bevor die Türen sich schlossen, sprang Chris zum ersten Mal in seinem Leben in den falschen Zug.

Offenbar war der Neue ebenfalls vom Schwimmunterricht befreit, genau wie er, dachte Chris, während die Bahn quietschend und ruckelnd von einer Haltestelle zur nächsten fuhr. Jedes Mal, wenn sie hielt, warf er einen vorsichtigen Blick zur Tür und beobachtete, wer ausstieg, und jedes Mal war der Vampir nicht dabei.

Der Zug fuhr und fuhr. Chris schaute auf sein Handy. Über eine Viertelstunde waren sie schon unterwegs. Die nächste Station war Yorckstraße, und dort entdeckte er im letzten Moment, ehe die Zugtüren sich wieder schlossen, zwischen den vielen aussteigenden Leuten endlich den Vampirkopf mit dem blonden, hängenden Haar über dem langen schwarzen Mantel.

Hastig stieg Chris ebenfalls aus und folgte dem Vampir in einiger Entfernung.

Der Neue lief eilig die Treppe hinunter, sah auf seine Uhr und begann zu rennen. Chris verfolgte ihn eine stark befahrene Straße entlang, vorbei an einem Trödelladen, vor dessen Eingang alte Tische, Stühle und Stehlampen auf dem Gehweg standen. Die Ladenbesitzerin, eine alte Frau mit Kopftuch, saß gemütlich in einem großen Ohrenbackensessel, rauchte einen Zigarillo und nickte ihm freundlich zu.

Kurz vor der nächsten Ampel klingelte sein Handy.

»Hallo, Papa. Ich kann jetzt gerade …«

»Chris!«, gellte eine hohe Stimme in sein Ohr.

»*Mama*? Wieso rufst du …«

»Chris, wo bist du? Wieso bist du nicht nach Hause gekommen?«

»Ich, äh, ich habe mich verfahren.«

»Wie bitte? Seit der ersten Klasse fährst du jeden Morgen eine Station zur Schule und jeden Nachmittag eine Station wieder zurück. Wie kann man sich da verfahren?«

»Ein Gleis am Bahnhof Zehlendorf ist gesperrt«, log Chris. »Die Züge fahren da heute in beide Richtungen auf demselben Gleis. Und ich bin falsch eingestiegen und dann kurz eingeschlafen.«

»Lüg mich nicht an!«, schimpfte Mama. »Bist du etwa mit zum Schwimmbad gefahren?«

»Nein.«

»Wirklich nicht?«

»Dann könnt ich jetzt doch nicht ans Handy gehen.«

»Ich bin vor Angst gestorben!«

»Du klingst sehr lebendig.«

»Werd nicht frech. Wo bist du jetzt?«

»Yorckstraße.«

»*Yorckstraße?* Fahr sofort zurück und komm nach Hause!«

»Ist ja gut, okay. Tschö.« Er ließ das Handy in die Hosentasche gleiten und hob den Kopf.

Der Vampir war verschwunden.

Chris war wütend. Ganz egal, was er auch tat, immerzu stand seine Mutter Todesängste aus. Als er noch klein gewesen war, hatte sie bei Spaziergängen schon Panik bekommen, wenn er nur auf eine kleine Mauer klettern wollte. Ständig hatte sie ihn ermahnt, dies nicht zu tun und jenes zu lassen und bitte vorsichtig zu sein und bloß gut aufzupassen und an jeder Straße tausendmal zu gucken, ehe er hinüberlief. Einmal waren sie im Wald einer Oma begegnet, die ihr Enkelkind an einer Leine führte wie einen Hund. Der Oberkörper des kleinen Jungen war in ein Geschirr aus Lederriemen eingezwängt gewesen, mit einer Schlaufe am Rücken, um die Leine einzuhaken. Mama hatte zu der Frau gesagt: »Also, das ist doch wirklich mal was

Praktisches.« Seitdem hatte Chris immer genau aufgepasst, ob Mama Roccos Hundeleine mitnahm, wenn sie in den Wald gingen. Und als er das Handy bekam, stimmte er nur zu, es jederzeit bei sich zu tragen, wenn Mama ihn nicht anrief, sondern Papa. Woran seine Eltern sich bisher tatsächlich auch gehalten hatten.

Chris fand, dass es so langsam an der Zeit war, ein paar Schritte tun zu können, ohne dass sein Handy gleich Alarm schlug. Immerhin war er fast zwölf! Und noch etwas musste sich dringend ändern: Er wollte endlich am Schwimmunterricht teilnehmen!

Gleich am nächsten Morgen, noch vor Unterrichtsbeginn, klopfte er bei Rektor Mertens an die Tür. Als sie sich überraschenderweise schon in der nächsten Sekunde öffnete, stand der Vampir vor ihm und starrte ihn verdutzt an. Seine blassen Lippen knautschten sich erst zur rechten, dann zur linken Seite, und Chris hatte den deutlichen Eindruck, dass Titus in diesem Moment inständig hoffte, bloß nicht von ihm auf das Thema Schülerbücherei angesprochen zu werden.

»Wir werden sehen, Titus, raus mit dir«, sagte Rektor Mertens, der dem Neuen die Tür aufhielt. »Ah, Chris, schön, dass du mich mal besuchst, komm doch rein!«

In dem kleinen Büro des Schulleiters, das vor lauter Akten, Broschüren und Büchern aus allen Nähten zu platzen schien, duftete es stets nach Frischesprays, denn Rektor Mertens versuchte sich schon seit vielen Jahren das Rauchen abzugewöhnen, was ihm – je nachdem, wie viel Arbeit sich gerade auf seinem Schreibtisch türmte – mit unterschiedlichem Erfolg gelang. Die Lehrer und Schüler wussten, dass er Nikotinkaugummis kaute und manchmal zum Fenster hinausrauchte. Damals, als sie noch in der Ersten gewesen waren, hatten André und Leo ihn einmal sogar beim heimlichen Qualmen auf dem Lehrerklo erwischt. Jedenfalls war hinter Herrn Mertens, der sich beim Verlassen der Herrentoilette schuldbewusst nach allen Seiten umgeblickt hatte, durch den Spalt der Tür eine Dunstwolke entwichen, die deutlich wahrnehmbar nach Tabak roch.

Chris nahm vor dem Schreibtisch Platz, auf dem sich Bücher, Hefte, Akten und Stundenpläne stapelten, und rechts auf der Fensterbank entdeckte er eine große Spraydose mit der Aufschrift *Blütenpracht*.

»Worum geht es denn?«, fragte Herrn Mertens' vollbärtiges, von braunen Korkenzieherlocken eingerahmtes Gesicht, das ihn freundlich anblickte. »Was kann ich für dich tun?«

Chris beschlich das ungute Gefühl, dass der Diebstahl in der Schülerbücherei möglicherweise entdeckt worden war. Vielleicht war der Vampir deswegen bei

Herrn Mertens gewesen? Vielleicht hatte er vor wenigen Minuten genau auf diesem Stuhl hier gesessen und erfahren, dass er die Schule leider wieder verlassen musste?

»Ich war neulich in der Schülerbücherei und wollte mir ein Buch ausleihen«, begann Chris.

»Das ist schön«, sagte Herr Mertens.

»Das Buch war leider nicht zu finden, obwohl niemand es ausgeliehen hatte. Frau Hörnung dachte schon, es sei gestohlen worden.«

»Aha?«, sagte Herr Mertens und blickte dabei sehr interessiert und verständnisvoll.

»Aber zwei Tage später fand sie das Buch dann wieder. Durch Zufall. Es stand nur im falschen Regal«, fuhr Chris fort.

»Aha.«

»So etwas passiert bestimmt öfter. Aber sehr schlimm ist es nicht«, sagte Chris.

»Gut. Gibt es sonst noch etwas, worüber du mit mir sprechen wolltest? Ich habe nämlich ...«

»Ja, es gibt was.« Chris rutschte auf dem Stuhl nach vorne bis zur Kante. »Wir sind ja wieder mit Schwimmen dran. Ich möchte diesmal auch am Schwimmunterricht teilnehmen. Und Fußball spielen möchte ich auch endlich. Immer nur auf der Bank sitzen und zugucken macht keinen Spaß.«

»Ich fürchte, das wird nicht möglich sein«, sagte Herr Mertens. »Die Gefahr ist einfach zu groß.«

»Welche Gefahr?«

Herr Mertens runzelte die Stirn. »Die Gefahr, dass du einen Anfall bekommst, natürlich. Beim Fußballspielen könnte der Ball deinen Kopf treffen und einen Anfall auslösen. Und beim Schwimmen könntest du im Wasser einen Anfall kriegen und ertrinken. Es ginge vielleicht, wenn du im Schwimmbad eine Aufsichtsperson ganz für dich alleine hättest, aber darum müssten sich deine Eltern kümmern ...«

»Was denn für einen Anfall?«

Herr Mertens guckte ein wenig verdutzt, griff nach seinen Nikotinkaugummis und steckte sich rasch eins in den Mund. Dann öffnete er eine Schublade, entnahm einen Hefter und dem Hefter einen Zettel, den er zu Chris hinüberschob.

»Bitte. Dieses ärztliche Attest hat deine Mutter damals eingereicht, als sie noch bei uns arbeitete. Dort steht, dass du aufgrund deiner Krankheit weder schwimmen noch Fußball spielen darfst.«

Chris' Mutter war früher Lehrerin an der Nordschule gewesen und hatte ihren Sohn eine Zeit lang sogar selber unterrichtet. Aber als es ihr immer schlechter ging und die Kopfschmerzen immer schlimmer wurden, hatte sie schließlich gekündigt. Chris erinnerte sich an die langen Diskussionen zum Thema Schwimmen und Fußballspielen. Mama war der Meinung gewesen, bei diesen Sportarten könne einfach viel zu viel passieren. Und dass sie vor Angst nachts nicht mehr schlafen könne – also hatte er irgendwann nachgegeben. Aber von einer Krankheit und einem Attest war ihm nichts bekannt.

Er starrte auf das seltsame Wort, das er auf dem Attest entdeckt hatte, und überlegte fieberhaft, was er sagen sollte.

»Na ja ... Das ist ja schon so lange her. Ich kann mich fast nicht mehr daran erinnern.«

»Aha?«

»Jedenfalls sind meine Anfälle völlig verschwunden«, beteuerte Chris. »Ich huste fast schon gar nicht mehr.«

Herr Mertens blickte ihn eine Weile komisch an, was wohl bedeutete, dass Chris irgendetwas Falsches gesagt hatte.

»Wann war das noch mal, als ihr das erste Mal Schwimmen hattet?«, fragte Herr Mertens und begann in einem seiner vielen Papierstapel zu wühlen.

»In der Dritten.«

»Ach ja ... Und in welcher Klasse warst du damals noch mal, als deine Mutter aufgehört hat zu unterrichten?«

»In der Dritten.«

»Hm. Dann richte ihr doch bitte aus, dass ich dringend ein neues Attest von deinem Arzt brauche, wenn du ab jetzt am Schwimmunterricht teilnehmen möchtest. Und sag ihr bitte auch, dass ich genauso dringend ein neues Attest brauche, falls du beim Fußballspielen weiter auf der Bank sitzen und beim Schwimmen fehlen sollst. Okay?«

»Okay.«

Herr Mertens gab ihm die Hand. »Keine Sorge, das wird schon. Und jetzt raus mit dir!«

7. Kapitel

DIE WELT VON UNTEN

Den Rest des Vormittags saß Chris auf seinem Platz im Klassenzimmer und starrte aus dem Fenster. Er hörte nichts über die Flächenberechnung von Dreiecken und verpasste alle Londoner Sehenswürdigkeiten, die Frau Vogler an die Wand projizierte. Sie sprach ihn einige Male an, doch er reagierte nicht. Die einzige Frage, die ihn beschäftigte, war, unter welcher seltsamen Krankheit er wohl litt und ob die Tatsache, dass seine Eltern ihm nichts davon erzählt hatten, wohl bedeutete, dass es eine äußerst ernste Krankheit war.

In der großen Pause, als alle anderen den Raum bereits verlassen hatten, kam Frau Vogler an seinen Tisch und schlug ihm vor, vielleicht doch besser nach Hause zu gehen und vorher anzurufen und Bescheid zu sagen, dass es ihm nicht so gut gehe. Chris nickte und wollte aufstehen, aber als es in seinem Bauch heftig zu rumoren begann, verzog er vor Schmerzen das Gesicht und setzte sich wieder. Frau Vogler sagte ganz besorgt: »Mein armer, lieber Junge«, und lief ins Lehrerzimmer, um ihm einen Becher frischen Pfefferminztee zu holen, weil Pfefferminztee ihrer Meinung nach das beste Mittel gegen Bauchweh war.

Chris rief lieber seinen Vater in der Kanzlei an.

»Was ist passiert?«, fragte Papa.

»Mir ist ganz komisch. Ich glaub, ich muss gleich kotzen.«

»Ich hol dich ab«, sagte Papa. »In fünfzehn Minuten bin ich da.«

Chris beendete das Gespräch, rannte nach vorn und übergab sich in den großen Plastikmülleimer.

Als Frau Vogler kurz darauf das Klassenzimmer wieder betrat, wäre ihr vor Schreck fast der Becher mit dem Pfefferminztee aus der Hand gefallen, denn sie fand Chris vor der Tafel bäuchlings auf dem Boden liegend, das linke Bein angewinkelt und den linken Arm unter seinem Kopf, den er zur Seite gedreht hatte. Seine Augen blickten starr geradeaus.

»O Gott! Chris! Hörst du mich? Zu Hilfe!«

»Keine Gefahr«, sagte er leise. »Das ist die stabile Seitenlage. Wenn man bewusstlos ist und sich übergeben muss, kann man bei dieser Körperhaltung nicht ersticken.«

Acht Minuten später half Frau Vogler Chris draußen vor der Schule in Papas schwarzblauen Audi. Sie war vollkommen durcheinander und fast so blass wie der Vampir. »Ich weiß nicht, was mit ihm los ist!«, rief sie verzweifelt.

»Vielen Dank, Frau Vogler«, sagte Papa und trat aufs Gaspedal.

Bäume und Häuser flimmerten am Autofenster vorbei, und Chris, der sich unendlich müde fühlte, schloss die Augen.

Als er sie wieder öffnete, lag er zu Hause auf dem Wohnzimmersofa, und das Erste, was er sah, war die hohe Stuckdecke, an der kleine dicke Engel, Weintrauben und Blumengirlanden aus Gips klebten. Neben dem Kamin tickte klackernd die alte schwarze Standuhr vor sich hin, die Oma ihnen geschenkt hatte. Er drehte den Kopf und blickte, wie erwartet, in Mamas verweintes Gesicht. Ihre Hand umklammerte seine.

»Was ist ein Epileptiker?«, fragte Chris.

Mama zuckte zusammen.

»Wie bitte?«, sagte Papas Stimme aus dem großen Sessel.

»Was ein *Epileptiker* ist. Ich wollte mich heute bei Rektor Mertens zum Schwimmunterricht anmelden, und er hat gesagt, dass ich nicht mitmachen darf, wegen meiner Anfälle. Was meint er damit? Und warum habt ihr mir nicht erzählt, dass ich krank bin? Was ist das für eine Krankheit? Muss ich sterben?«

Mama begann wieder zu weinen.

Papas Gesicht erschien am Fußende des Sofas. »Wie kommst du denn auf die Idee, ein Epileptiker zu sein?«

»Es steht in dem Attest, das Herr Mertens mir gezeigt hat. Das der Arzt damals, als ich in der Dritten war, ausgestellt hat und in dem drinsteht, dass ich nicht schwimmen oder Fußball spielen darf, weil ich Epileptiker bin.«

»Und woher hat er das Attest?«

»Von Mama.«

Papa, der normalerweise ein sehr geduldiger Mensch war und äußerst selten laut wurde, bekam einen so heftigen Wutanfall, dass Chris vor Schreck zusammenzuckte. Er brüllte Mama an, dass diese Sache mit dem Attest ja wohl das Allerletzte sei und er als Anwalt schließlich einen Ruf zu verlieren habe, und Mama brüllte zurück, er sei doch damals einverstanden gewesen, Chris vom Schwimmunterricht zu befreien!

»Entschuldigung, bin ich denn nun krank oder nicht?«, unterbrach Chris seine Eltern.

»Nein!«, rief Papa. »Bei Epilepsie bekommt man schlimme Krämpfe und Zuckungen, aber so was hast du nie gehabt. Du bist kerngesund – weil deine Mutter das Attest nämlich gefälscht hat!«

»Oh«, sagte Chris und versuchte sich vorzustellen, was man wohl tun musste, um ein Attest zu fälschen. »Hast du einen falschen Stempel gebastelt und mit einem anderen Namen unterschrieben?«

Mama schüttelte den Kopf und putzte sich die Nase. »Du konntest doch unmöglich am Schwimmunterricht teilnehmen! Das ist doch viel zu gefährlich! Und als Herr Mertens damals ein Attest verlangt hat, habe ich deinen Onkel Henri gefragt, der ist doch Arzt.«

»Und das hat er einfach so gemacht?«

»Nein. Ich habe ihn so lange gefragt, bis er endlich Ja gesagt hat, und hinterher haben wir uns deswegen nur noch gestritten.«

Chris fühlte sich urplötzlich sehr viel besser und stand auf. »Gut«, sagte er. »Dann kann ich ja mit Papa schwimmen gehen. Das habe ich mir nämlich zum Geburtstag gewünscht.«

»Kommt gar nicht infrage!«, sagte Mama und hob die Hand.

»O doch«, knurrte Papa. »Du kannst dem Jungen doch nicht sein Leben lang verbieten, ins Wasser zu gehen. Ab sofort ist Schluss damit. Wir gehen schwimmen, Großer, gleich morgen nach der Schule.«

Chris jubelte.

Seine Mutter rannte aus dem Zimmer und knallte die Tür hinter sich zu.

Papas dunkelblauer Audi stand am nächsten Tag pünktlich fünf Minuten nach Unterrichtsschluss vor dem Schultor, und Chris war unter den Ersten, die herauskamen. Er riss die hintere Wagentür auf, warf seine Schultasche und einen Beutel auf den Rücksitz, knallte die Tür wieder zu und stieg vorne ein.

»Ich habe mein Schwimmzeug dabei! Wir können sofort los.«

»Ist das dahinten nicht das Mädchen, das bei uns im Nachbarhaus wohnt?«, fragte Papa und kniff die Augen zusammen.

»Nein, ist sie nicht. Gib Gas!«

»Ich glaube doch, das ist Ella.«

»Sie heißt Emma.«

Papa drückte einen Knopf und die Fensterscheibe neben Chris surrte nach unten.

»Huhuuuuuuu, Chriiiiiiis!«

»Das ist sie«, sagte Papa. »Wir können sie ja mitnehmen, denn ich muss eh noch kurz nach Hause.«

Während der Fahrt erzählte Emma die ganze Zeit

von ihren Guppys, und als sie wenig später vor den Bahnschranken warteten, klingelte Papas Handy, und Papa entschuldigte sich, ging kurz ran und sagte: »Ich kann grad nicht, ich ruf dich später wieder an.«

»Wer war das?«, fragte Chris.

»Ein Mandant. Wir waren eigentlich für heute verabredet, aber jetzt gehe ich mit meinem großen Sohn ja schwimmen.«

Friedolin schwamm übrigens inzwischen fröhlich mit den anderen Guppys durchs Aquarium, berichtete Emma. Er habe sich vollkommen verändert. »Ich hab die kleine Schatztruhe rausgeholt und jetzt ist Friedolin kein Schatzwächter-Guppy mehr und spielt mit den anderen Fangen. Ist das nicht total interessant?«

»Total«, sagte Chris und guckte aus dem Fenster.

Papa parkte den Wagen genau zwischen den beiden Nachbarhäusern. »Bin gleich wieder da, mein Großer«, sagte er. »Ich hole nur schnell mein Schwimmzeug. Tschüss, Emma.«

»Wieso nennt dein Vater dich mein Großer?«, flüsterte Emma vom Rücksitz. »Hast du einen kleinen Bruder?«

Chris drehte sich zu ihr um. »Nein. Das heißt doch. Ich hatte mal einen. Aber der ist schon gestorben.«

Ihre Augen weiteten sich vor Schreck und in diesem Moment sah sie überhaupt nicht aus wie eine

Kommissarin. Ihre Hand tastete sich vorsichtig zwischen den beiden Rückenlehnen hindurch und berührte seine Wange. »Wie traurig«, sagte sie. Dann stieg sie aus.

Im Hallenbad wollte Chris sofort ins tiefe Becken springen, aber Papa war der Meinung, es sei zu tief, und Chris war der Meinung, der Ratzeburger See sei sehr viel tiefer. Sie einigten sich, dass er seine Schwimmkünste erst einmal unter Beweis stellen und zehn Runden im flachen Becken drehen sollte, was wirklich albern war, weil dort die stehenden Kleinkinder mit ihren grellen Puffärmeln aus dem Wasser ragten wie Minileuchttürme. Also schwamm Chris zehn Runden im Zickzack um die Leuchtturmkinder herum.

»Das geht ja wirklich sehr gut«, lobte ihn Papa, der sich die Arme rieb, weil ihm vom Herumstehen langsam kalt wurde. »Wir treffen uns in zwei Minuten am tiefen Becken, okay? Ich hol nur schnell meinen Bademantel.«

Chris hatte keine Lust, noch länger zu warten. Er kletterte aus dem Babybecken und ließ sich gleich daneben ins Schwimmerbecken fallen. Dann schwamm er los.

Kleine Wellen gluckerten ihm angenehm um die

Ohren. Unzählige laute Stimmen echoten durch die Schwimmhalle, und als er zur Seite blickte, sah er drei Jungen, die im Restaurantbereich saßen und Berge von Pommes mit Majo verdrückten. Vor ihm durchpflügte eine schnaufende Oma die Fluten wie ein altes Dampfschiff. Chris hatte sich schon lange nicht mehr so wohlgefühlt. Das Wasser schmiegte sich an seinen Körper wie eine zweite Haut. In der Mitte des Beckens hielt er an und paddelte eine Weile auf der Stelle. Dann holte er tief Luft und ließ sich in die Tiefe sinken.

Er öffnete die Augen, um die Welt von unten zu betrachten. Über ihm schimmerte die Wasseroberfläche. Die Oma drehte sich beim Schwimmen auf den Rücken, wodurch ihr riesiger geblümter Hintern sichtbar wurde. Zwei junge Männer, die wahrscheinlich um die Wette schwammen, schossen wie Torpedos durch das Wasser.

Es war schön still. Chris versuchte sich vorzustellen, was sein Bruder damals wohl gefühlt hatte, als er ertrunken war. An der Stelle, wo sich im Garten jetzt das Rosenbeet befand, war der Gartenteich gewesen, und sein Bruder war hineingefallen. Hier im Schwimmerbecken war unter Wasser alles hell, in einem Teich dagegen gab es keine Lampen. Chris schloss die Augen, aber richtig pechschwarz wurde es trotzdem nicht, dazu war das Unterwasserlicht zu grell. Er streckte beide Arme aus und sank tiefer und tiefer, bis seine Zehen den Grund berührten. Als er die Augen wieder öffnete und den Kopf hob, sah er ein zappelndes Wirrwarr aus bunter Badekleidung und heller Haut. Er überlegte, aufzutauchen und Luft zu holen, aber hier unten war es angenehm. Er war der Einzige, als gehöre diese Welt hier ihm allein.

An der Grenze zur Oberwelt ereignete sich im nächsten Augenblick so etwas wie eine Explosion. Eine Wolke aus Blasen wirbelte durchs Wasser, und kaum hatte sie sich verzogen, da näherte sich ein Gesicht. Chris spürte, wie ihn zwei Hände unter den Armen packten und nach oben zogen. Sekunden später durchbrach er die Wasseroberfläche.

Chris holte nicht mal sofort Luft, er hatte das Gefühl, sein Atem reichte noch für Stunden.

»Chris! Chris!« Sein Vater brüllte ihm ins Ohr.

»Lass mich los«, sagte Chris. »Keine Gefahr.«

Aber Papa hielt ihn fest umklammert und ließ erst los, als sie den Beckenrand erreicht hatten.

»Was machst du denn?«, keuchte er.

»Ich bin getaucht«, sagte Chris. »Ich kann total gut die Luft anhalten. Ich will in den Ferien ans Meer und schnorcheln. Irgendwo, wo Korallen sind.«

»Raus!«, brüllte Papa.

»Warum denn?«

»Wir gehen!«

»Aber es ist mein Geburtstags…«

»Raus, hab ich gesagt!«

Erst auf dem Weg zu den Duschen fiel Chris auf, dass sein Vater am ganzen Körper zitterte.

Ein dicker Bademeister kam auf Papa zu und hob mahnend seinen Zeigefinger. »Sie können wohl nicht lesen? Nicht vom Beckenrand springen!«, sagte er.

Papa ballte die Fäuste, doch es gelang ihm gerade noch, sich zu beherrschen. »Sie hören von meinem Anwalt«, sagte er mit grimmiger Miene und ließ den verdutzten Bademeister einfach stehen.

»Gehen wir wenigstens einen Burger essen?«, maulte Chris, als sie sich umzogen.

»Halt den Mund«, brüllte Papa durch die Trennwand der beiden Umkleidekabinen. »Halt einfach deinen Mund!«

8. Kapitel

DAS TAGEBUCH VERGANGENER MAHLZEITEN

Emma war am nächsten Morgen in der S-Bahn ungewöhnlich schweigsam und verschonte ihn sogar mit den neuesten Nachrichten über ihren Lieblingsguppy Friedolin. Irgendetwas schien sie zu beschäftigen. Sie blickte durch die zerkratzte Scheibe in die Dämmerung hinaus und kaute dabei auf einer ihrer rotblonden Haarsträhnen herum.

»Kann ich dich mal was fragen?«, sagte sie schließlich.

»Frag.«

»Wie alt war dein Bruder eigentlich, als er gestorben ist?«

»Zweieinhalb.«

»Und war er krank?«

»Nein. Er ist ertrunken. Wir haben zusammen gespielt. Am ... an einem Teich. Und er fiel ins Wasser.«

»Konntest du ihn denn nicht retten?«

Seltsamerweise hatte Chris sich diese Frage bislang noch nie gestellt. »Ich glaube nicht. Ich war ja selbst erst zweieinhalb.«

Emma runzelte die Stirn. »Was? Ich dachte, dein Bruder wäre jünger.«

»War er ja auch, aber nur zwölf Minuten«, sagte Chris. »Wir sind Zwillinge.«

Früher hatten seine Eltern ihm immer wieder die alten Fotos gezeigt. Mama mit dem Doppelbabybuggy vor dem Haus. Rechts Christoph, links Christian, jeder mit einem Keks in der Hand. Christoph und Christian im Garten. Christoph und Christian unter dem Ahornbaum, auf dem Rasen, am Teich, mit Oma und Opa. Inzwischen hasste Chris die Fotos und weigerte sich, sie anzusehen. Die beiden kleinen Jungen auf den Bildern ähnelten sich nicht nur, sie sahen wirklich genau gleich aus. Unheimlich. Chris hätte nicht sagen können, welcher der beiden er selber war. Woher wussten Mama und Papa überhaupt, wer von ihnen in den Teich gefallen war? Christoph oder Christian? Vielleicht war er am Ende gar nicht Christoph, sondern der andere? Vielleicht hatte man ihn und seinen Bruder schlicht verwechselt?

»Später werde ich mal Rettungstaucher«, sagte Chris, der diesen Entschluss am Tag zuvor gefasst hatte, als er und Papa vom Schwimmbad nach Hause gefahren waren.

»Gute Idee«, sagte Emma.

Weil sie an diesem Morgen den früheren Zug erwischt hatten, hatte Chris eigentlich damit gerechnet, der Erste im Klassenraum zu sein, doch als er hereinkam, saß der Vampir bereits an seinem Platz. Er sah so müde aus wie immer und lag eigentlich mehr auf dem Tisch, als daran zu sitzen. Seinen Kopf mit den wirren Haaren hatte er auf die linke Hand gestützt, während die rechte, die den Füller hielt, über dem aufgeschlagenen Matheheft schwebte. Chris beobachtete, wie die blasse Vampirhand ein paarmal zuckte, als wolle sie etwas schreiben, doch sie schrieb nicht.

»Hausaufgaben?«, fragte Chris und setzte sich auf seinen Platz neben ihm.

Der Neue brummte eine kurze Begrüßung und fuhr sich mit allen fünf Fingern durch die Haare. Einen Moment lang zuckte die andere Hand noch unschlüssig hin und her, dann warf sie den Füller hin und schlug das Heft zu. »Bin gleich wieder da«, murmelte er und rannte hinaus.

Chris beäugte das Heft neugierig. Dann schlug er es auf. Innen wirkte es wie ein Tagebuch vergangener Mahlzeiten, war voller Flecken, an denen sich mit ein bisschen Fantasie ablesen ließ, was es beim Vampir in jüngster Zeit zum Mittagessen gegeben hatte. Grüne Spinatspuren, rote Spritzer, die nach Tomatensauce aussahen, und als Chris umblätterte, klebte zwischen den beiden nächsten Seiten tatsächlich eine lange Nudel, deren unterer Teil rötlich gefärbt und mit Parmesan paniert war.

Bei den meisten Aufgaben fehlten die Lösungen. Auf der letzten Seite fanden sich die Brüche, die auf Zehnerpotenzen erweitert und dann in Kommazahlen umgerechnet werden sollten. Hinter keinem Gleichheitszeichen stand etwas. Chris griff nach dem Füller des Vampirs und trug die Ergebnisse ein, ohne lange zu überlegen. Mathe war sein bestes Fach. Dann schlug er das Heft zu.

Frau Vogler, die den Neuen anfangs noch sehr freundlich behandelt hatte, schien seit einiger Zeit die Geduld zu verlieren und nahm ihn immer häufiger dran, um ihm zu zeigen, dass es so nicht weiterging.

»Na, Titus«, sagte sie, kaum dass die Mathestunde begonnen hatte. »Wie sieht es denn mit den umgerechneten Brüchen aus?«

Der Vampir zuckte hilflos mit den Schultern und senkte den Kopf.

»Hatten wir für die Hausaufgaben mal wieder keine Zeit?« Sie kam an den Tisch, schlug das Matheheft des Vampirs auf und stutzte. »Ganz erstaunlich«, sagte sie. »Fehlerlos.«

Der Vampir guckte ebenso verdutzt wie sie, und als Frau Vogler zurück zur Tafel schritt, lächelte er Chris an, und seine Lippen formten lautlos das Wort danke.

»Dann komm doch mal nach vorn und rechne uns was vor!«

Seufzend erhob er sich und schlurfte nach vorne, während Frau Vogler den Bruch zwei Fünftel an die Tafel schrieb. Chris sah sofort, dass zwei Fünftel dasselbe waren wie vier Zehntel, weshalb die zu errechnende Kommazahl 0,4 lautete. Aber der Vampir sah es nicht. Er stand ein wenig schief da, biss sich auf die Lippen und zerbröselte das Kreidestück zwischen seinen Fingern.

»Na, hast du ganz plötzlich alles vergessen?«, fragte Frau Vogler.

Vielstimmiges Gekicher ertönte.

Der Vampir sah unendlich traurig aus. Seine Augen blickten wie ein verschrecktes Tier. Nie zuvor hatte jemand Chris so leidgetan. Fast schien es ihm, als stünde er selbst dort vor der Klasse.

»Abschreiben ist keine Kunst«, fuhr Frau Vogler fort.

»Ich habe aber nicht abgeschrieben.«

»Ach, dann standen die Lösungen wohl wie durch Zauberei plötzlich in deinem Heft!«

Noch mehr Gekicher. Leo lachte. André lehnte sich bequem zurück und grinste, als liefe gerade ein lustiger Film.

Chris spürte, wie sein Magen sich verkrampfte und ihm übel wurde. Eilig stand er auf und lief zur Tür.

»Einen Moment, junger Mann!«, rief Frau Vogler. »Darf man fragen, wo du hinwillst?«

»Raus, mir ist schlecht.«

»Schon wieder? Warum denn?«

»Weil Sie gemein sind«, sagte Chris, der auf Fragen meistens ehrlich antwortete, weil ihm einfach keine guten Ausreden einfielen.

Das Gekicher der Klasse verstummte und es wurde totenstill.

Frau Vogler starrte ihn an. »Du bleibst hier«, sagte sie mit eisiger Stimme. »Komm bitte her und sei so freundlich, mir zu erklären, was du damit meinst.«

»Aber mir ist schlecht.«

»Komm *sofort* her!«

Chris lief leicht vornübergebeugt von der Tür zu ihr hinüber, blieb plötzlich mit einem Ruck stehen und übergab sich direkt aufs Lehrerpult.

9. Kapitel

ZWILLINGSKUCHEN

Zwei Tage später kehrte der Sommer mit aller Macht zurück, die Frühnebel verzogen sich, und es wurde so warm, dass Oma entschied, die Geburtstagsfeier nach draußen zu verlegen. Während der Vorbereitungen marschierte sie mit Mama durch den Garten und ordnete an, wo welcher Lampion aufgehängt wurde, welche Farbe die Luftballons haben sollten und wo die Geburtstagstafel zu stehen hatte.

Opa erhielt die Aufgabe, den extralangen Tapeziertisch zu reparieren, an dem die vielen Gäste sitzen sollten.

»Den brauchen wir bestimmt nicht«, sagte Chris.

»O doch«, meinte Mama. »Du hast ja die ganze Klasse eingeladen.«

»Nein, du«, sagte Chris. »Und wahrscheinlich kommen eh nur ein paar.«

»Das weiß man vorher nie«, erwiderte Mama.

Chris wusste ziemlich genau, wer kommen würde, denn normalerweise tauchten zum Geburtstag nur die Kinder auf, denen er irgendwann einmal geholfen hatte. Leo, der fast an seiner Traube erstickt wäre. André, der beim Joggen im Wald umgeknickt war. Hermine, die ihr geliebtes Armband verloren hatte. Micha, der beim Anblick der Zeichnung eines hautlosen Menschen im Biobuch umgekippt war. Sophie und Marie, die beinahe giftige Tollkirschen gegessen hätten. Und vielleicht ja auch der Vampir. Chris hatte ihm jedenfalls eine Einladung überreicht und hoffte sehr, dass er zur Feier kam.

Opa stand in seiner Werkstatt und versuchte, das kaputte Scharnier des Tapeziertisches zu reparieren. Leider funktionierte der u-förmige Ständer an dem einen Ende des Tisches nicht richtig.

»Wenn er nicht einrastet, besteht die Gefahr, dass er einknickt und der Tisch kippt«, erklärte Opa, als Chris ihn fragte, was denn das Problem sei.

»Und kriegst du das hin?«

Sein Großvater schlug mit seinem Hammer ein paarmal kräftig zu. »Nee«, sagte er. »Weißt du was? Wir legen einfach einen großen Stein unten auf den Bügel, dann kann nix passieren.«

»Super, Opa.«

In dem Drecksschuppen, wie Oma ihn immer nannte, reichten die Regale mit Opas unzähligen Werkzeugkisten bis zur Decke. Überall, wo noch ein wenig Platz war, standen kleine und große Marmeladengläser, gefüllt mit Nägeln, Dübeln, Schrauben und Muttern. Und auf einer uralten Werkbank ragten die Zacken einer großen Kreissäge auf – die durfte Chris auf keinen Fall berühren oder auch nur in ihre Nähe kommen, hatte Opa ihm eingeschärft.

»Wird das heute noch mal was mit dem Tisch?«, gellte Omas strenge Stimme von der Terrasse.

»Oha, die Königin wird ungeduldig!«, sagte Opa grinsend.

Chris nutzte die Gelegenheit, um ihn zu fragen, warum er und Oma eigentlich immer so viel stritten. »Manchmal hab ich das Gefühl, sie mag dich gar nicht.«

»Deine Oma mag nur dich und Rocco.« Opa klappte den kaputten Tisch wieder zusammen.

»Aber wieso hast du sie denn dann geheiratet?«

»Damals war sie noch ein bisschen netter ...« Opa kicherte. »Und viel jünger und viel hübscher. Na los, komm«, sagte er, und sie trugen den Tisch gemeinsam hinaus.

Draußen im Garten funkelte das Sonnenlicht durch die rot verfärbten Ahornbäume. Alles war hell und warm und freundlich, wovon man in Opas dunklem Schuppen nichts gemerkt hatte. Rocco rannte kläffend immerzu im Kreis herum, und Oma umarmte Chris alle drei Minuten und rief: »Ach, mein großer Schatz!«. Ihre Frisur saß fest wie in Beton gegossen und zur Feier des Tages trug sie ihren Goldschmuck. Dicke Ohrclips, eine dreifach gewickelte Kette aus mattgolden schimmernden Kugeln und passend dazu mehrere Goldarmreifen, die bei jeder Handbewegung rasselten.

»Klapperschlangen rasseln auch«, bemerkte Opa frech.

Oma bedachte ihn mit einem finsteren Blick. »Den Lampion noch ein bisschen weiter rechts, Tine!«, rief sie Mama zu. »So ist gut!«

Mama trug ihr dunkelblaues Lieblingskleid und hatte die Haare hochgesteckt. Sie sah richtig schön aus, fand Chris. Jedenfalls viel besser als sonst.

»Der Tisch steht, Eure Hoheit«, meldete Opa kurz darauf ein wenig außer Atem. Er hatte den Felsbrocken, der normalerweise dekorativ im Fuchsienbeet lag, zum Tisch geschleppt und den lockeren Klappständer damit beschwert.

Wie sich herausstellte, kamen genau die Gäste, mit denen Chris gerechnet hatte. Außerdem noch der schnaufende Bernhard, für den bislang zwar noch kein Rettungseinsatz nötig gewesen war, der aber Kuchen und Süßigkeiten so sehr liebte, dass er keine Einladung ausschlug. Vom Vampir fehlte leider jede Spur, und Papa war, obwohl der Geburtstag auf einen Samstag fiel, noch bei einem wichtigen Termin in der Stadt und wollte angeblich jeden Moment da sein.

Chris bedankte sich höflich für die Geschenke, von denen ihm – eigentlich wie jedes Jahr – keins so richtig gut gefiel. Andererseits musste er zugeben, dass die anderen auch gar nicht wissen konnten, was er mochte.

Zum Glück übernahm Leo den Großteil der Unterhaltung, während alle am festlich gedeckten Tapeziertisch saßen und Mamas Geburtstagstorte probierten, einen Schokoladenkuchen, auf dem in weißer Schnörkelschrift aus Zuckerguss *Chris 12 Jahre* geschrieben stand. Mit zwölf kleinen Kerzen darauf.

»Mann, Alter! Ich dachte, ich sterbe! Und dann kommt Chris über den Tisch gesprungen und quetscht die verdammte Traube aus mir raus. Die flog meterweit! Von hier bis ...« Leo zeigte zum anderen Ende des Tapeziertisches, wo auf dem blütenweißen Tischtuch die unbenutzten Teller und Gläser für die nicht erschienenen Gäste standen. Die leere Tischhälfte wirkte irgendwie traurig, fand Chris. Wie eine halbierte Geburtstagsgesellschaft.

Sophie und Marie berichteten, wie sie die giftigen Beeren auf dem Weg zur Schule gesammelt hatten, um sich in der großen Pause frischen Beerensaft daraus zu pressen. Glücklicherweise war Chris aufgetaucht, ehe sie den ersten Schluck probierten.

Micha erzählte, wie er beim Aufschlagen des nagelneuen Biobuches in Ohnmacht gefallen war. »Da war so ein Bild von einem Mann ohne Haut, nur mit Muskeln. Und die Augen waren total weit aufgerissen und haben mich so schrecklich angestarrt, das weiß ich noch. Dann wurde mir schwindelig und schwarz vor den Augen.«

Opa lachte, bis ihm die Tränen kamen.

»Also bitte, Hermann«, tadelte ihn Oma. »Was ist denn daran witzig?«

»Alles«, keuchte Opa und zückte sein Taschentuch, um sich die Augen zu betupfen.

»Du bist wirklich kindisch!«

»Verzeihung, meine Gnädigste. Ich gelobe Besserung.«

Micha freute sich, dass seine Geschichte so gut ankam, und erzählte weiter: »Ich bin wieder aufgewacht, als Chris mir einen nassen Waschlappen ins Gesicht geklatscht hat. Und am nächsten Tag habe ich meine schwarze Sonnenbrille aufgesetzt und die ganze Seite mit Kleber bestrichen, damit sie an der anderen festklebt und ich sie nie wieder aus Versehen aufschlage.«

Opa bekam den nächsten Lachanfall.

Wenig später hörte Chris das vertraute Quietschen der Gartenpforte und rechnete damit, dass gleich darauf Papa bei ihnen im Garten erscheinen würde. Doch er irrte sich.

»Huuuhuuuuuuuuuu!«, rief eine wohlbekannte durchdringende Stimme, und um die Hausecke bog Emma, die gar nicht eingeladen war. Offensichtlich hatte sie sich extra fein gemacht. Ihre hellroten Haare waren zu unzähligen dünnen Rattenschwanz-Zöpfen geflochten, wodurch sie noch viel jünger wirkte, als sie war.

»Chris hat eine Freundin, die in den Kindergarten geht!«, krähte André.

»Gar nicht, du Blödmann!«, erwiderte Emma. »Ich bin schon in der Vierten und gehe auf die Nord, genau wie du!« Sie überreichte Chris ein unförmiges Geschenk, eingewickelt in Papier mit aufgedruckten Ponys. »Alles Gute zum Geburtstag.«

Chris hätte in dem Ponypapierpäckchen jedes nur erdenkliche furchtbare Geschenk der Welt erwartet: einen Gummiguppy, eine Barbie-Kommissarin oder ein ausgestopftes Meerschweinchen ... Aber als er es öffnete, war es überraschenderweise das tollste Geschenk, das er seit langer Zeit bekommen hatte: eine Taucherbrille!

»Oh! Danke!«

»Bitte«, sagte Emma. »Das ist B.«

»B? Wieso B?«

»Mein Papa und ich haben im Internet nachgeguckt, was für eine Ausrüstung man als Rettungstaucher braucht. Die Ausrüstung heißt ABC-Ausrüstung. A sind die Flossen, B ist die Brille und C ist der Schnorchel«, erklärte Emma. »Also hast du jetzt immerhin schon mal B.«

Chris nickte. Er hatte sich A von seinen Eltern gewünscht, anstelle der Flossen aber leider ein Videospiel bekommen.

Mama, die ins Haus zurückgegangen war, kam mit einer zweiten Torte in den Garten, die sie vor Chris hinstellte. Die zweite Torte sah der ersten zum Verwechseln ähnlich: ein Schokoladenkuchen mit der Aufschrift *Chris 12 Jahre*, auf der zwölf kleine Kerzen brannten.

»Aber es ist doch noch ganz viel Kuchen da«, wunderte sich Emma.

Chris presste die Lippen zusammen und rührte sich nicht. Einen zweiten Kuchen hatte es bislang noch nie gegeben. Früher hatte seine Mutter an seinem Geburtstag immer darauf bestanden, dass zweimal gesungen wurde. Also hatten Chris und seine Gäste zweimal hintereinander *Happy Birthday* gesungen, und niemand außer Chris hatte begriffen, dass das zweite Singen seinem toten Bruder galt. Wie hätten die anderen es auch ahnen sollen? Er hatte ihnen nie etwas von dem Unglück erzählt. Chris war sich zwar nicht sicher, ob seine Eltern was dagegen hätten, aber all das, was damals am Teich geschehen war, fühlte sich an wie ein Geheimnis. Also redete er lieber nicht darüber.

»Nimm doch bitte diese Taucherbrille ab und blas die Kerzen aus«, sagte Mama.

Die Kerzenflammen flackerten.

Chris nahm die Taucherbrille ab. »Ich habe doch schon gepustet«, sagte er. »Und ich möchte gar keinen zweiten Kuchen.«

»Mach jetzt kein Theater!«

Opa runzelte die Stirn.

Oma seufzte.

»Du kannst ihn ja verschenken, Mama.«

Die Gäste guckten ganz betreten.

»Ich könnte ihn nachher mitnehmen«, erbot sich der schnaufende Bernhard bereitwillig.

Chris bemerkte, wie Opa in seinem Stuhl ein kleines bisschen tiefer sank, ihm einen vielsagenden Blick zuwarf und mit den Augenbrauen zuckte. Dann hustete er ziemlich laut, um ein anderes Geräusch zu übertönen ... nämlich das dumpfe Schleifen eines Steins auf dem Fliesenboden der Terrasse. Kein Zweifel: Opas Fuß hatte den Felsbrocken weggeschoben, sodass der Klappständer nun nicht mehr gesichert war.

»Pustest du bitte?«, sagte Mama, die langsam die Geduld verlor.

Chris spürte, wie sein Herz pochte. Ihm wurde heiß. Praktischerweise saß er am Kopfende, genau am richtigen Platz. Mit voller Wucht trat er unter die herabhängende weiße Tischdecke, traf den Bügel und sprang gerade noch rechtzeitig von seinem Stuhl auf, ehe der brennende Kuchen ihm auf dem Schoß gelandet wäre. Der Tisch klappte in sich zusammen und Torte, Teller, Tassen und Besteck schlitterten abwärts wie an Deck der sinkenden Titanic. Mit einem traurigen Platschen landete die Schokoladentorte auf den Steinfliesen und begrub die brennenden Kerzen unter sich.

Mama stieß einen kleinen Schrei aus.

»Upps«, sagte Opa. »Das tut mir jetzt aber leid. Dieses verflixte Scharnier! Ich war mir sicher, dass es halten würde.«

10. Kapitel

VERFOLGUNG EINES VAMPIRS

Frau Vogler zweifelte an ihrem Verstand. Christoph Gerner, der bislang immer ihr Lieblingsschüler gewesen war, hatte sich binnen kürzester Zeit vollkommen verändert. Gerade noch war er ein stets hilfsbereiter und freundlicher Junge gewesen, hatte sich um jeden Schüler in der Klasse gekümmert und einem von ihnen sogar das Leben gerettet. Nie war ein böses Wort über seine Lippen gekommen, und es wäre ihm nicht einmal im Traum eingefallen, seine Klassenlehrerin als »gemein« zu bezeichnen und sich aufs Lehrerpult zu übergeben. Früher einmal hatte er André nach einem Sportunfall den weiten Weg zurück zur Schule fast getragen, neuerdings prügelte er sich mit ihm und hatte ihm die Nase blutig geschlagen. Was war geschehen? Warum dieser Wandel? Lag es möglicherweise an diesem Mädchen, mit dem Christoph seit Neuestem die großen Pausen verbrachte? Ein Mädchen aus der Vierten namens Emma. Hatte diese Emma vielleicht einen schlechten Einfluss auf den Jungen?

Frau Vogler beschloss, der Sache auf den Grund zu gehen. Ein paar Tage nach seinem Geburtstag rief sie Chris zu sich, als es zur großen Pause klingelte. Er ging nach vorn und blieb direkt vor dem Lehrerpult stehen.

Sie zuckte ein wenig zurück. »Ich hoffe, es geht dir heute gut? Keine Übelkeit?«

»Nein.«

»Herr Mertens hat mir mitgeteilt, dass es gestern eine Prügelei gab«, sagte Frau Vogler. »Zwischen dir und André.«

»Das war keine Prügelei«, erklärte Chris. »Er hat mich nicht verprügelt. Ich habe ihm auf die Nase gehauen.«

»Und warum?«

»Weil er blöd ist.«

»Und warum ist er blöd?«

»Er hat Emma geärgert.«

»Aber deswegen haut man doch niemandem auf die Nase!«

»Doch, sonst hört er ja nicht auf.«

Frau Vogler dachte einen Moment nach.

»Vorhin hat Hermine dich im Unterricht gefragt,

ob sie deinen roten Stift leihen kann«, fuhr sie fort. »Und du hast geantwortet: Kauf dir gefälligst selber einen.«

»Stimmt.«

»Aber du hilfst anderen Menschen doch sonst immer gern.«

»Ich hab ihr den Stift schon ein ganzes Jahr lang geliehen. Jeden Tag. Sie kauft sich nie einen eigenen. Und als ich damals ihr blödes Armband wiedergefunden habe, hat sie es am nächsten Tag gleich wieder verloren. Total dämlich.«

»Also bitte! Keine Beleidigungen. Und da wir gerade bei dem Thema sind: Es ist vollkommen inakzeptabel, dass du mich vor der ganzen Klasse beleidigst.«

»Habe ich doch gar nicht. Sie wollten wissen, warum mir schlecht war.«

Frau Vogler hatte den deutlichen Eindruck, dass sie so nicht weiterkam. Derselbe Junge, den sie früher für seine ungewöhnliche Liebenswürdigkeit bewundert hatte, war nun plötzlich uneinsichtig, unverfroren und verstockt! »Richte deinen Eltern doch bitte aus, dass sie zu mir in die Elternsprechstunde kommen sollen.«

»Das klappt bestimmt nicht. Mein Vater hat dauernd Termine, sogar am Wochenende, und meiner Mutter geht es schlecht.«

»Dann rufe ich eben bei euch zu Hause an und regele das selber.«

»Okay.«

Chris fühlte sich wie neugeboren. Seit dem Geburtstag war er in Hochstimmung, obwohl die Feier in den Augen der anderen ein völliger Reinfall gewesen war. Mama war nach der unsanften Landung der zweiten Torte heulend ins Haus gerannt, die Gäste hatten sich wenig später hastig verabschiedet, und beim Aufräumen hatte Oma gemeint, es sei die schlimmste Party aller Zeiten gewesen. Doch am nächsten Morgen hatte Chris beim Aufwachen festgestellt, dass sie sich irrte, denn sein erster Blick fiel auf die fantastische Taucherbrille auf seinem Nachttisch. Und außerdem merkte er, dass die Erinnerung daran, wie er und Opa den Tisch zu Fall gebracht hatten, jedes Mal einen Glücksrausch bei ihm auslöste.

Das großartige Gefühl hielt auch in den folgenden Tagen unvermindert an. Früher hatte Chris sich morgens müde und lustlos gefühlt, nun sprang er gleich nach dem Weckerklingeln aus dem Bett. Früher waren ihm Unterhaltungen ungeheuer schwergefallen, nun fielen ihm plötzlich viele passende Worte ein, zumindest meistens. Und noch etwas war anders als früher: Es gab plötzlich jemanden, mit dem er sich tatsächlich *gerne* unterhielt: Emma. André, Leo und ein paar andere aus seiner Klasse machten sich darüber lustig, dass er sich mit einem kleinen Mädchen aus der Vierten abgab, doch das war ihm egal.

In den großen Pausen standen er und Emma am Spinnennetz-Klettergerüst, schauten zu, wie die anderen Kinder sich durch das Gewirr der roten Taue hangelten, und unterhielten sich über Rettungstaucher, Kriminalfälle, Leichen, Meerschweinchen, über Oma Kaminski, entflogene Wellensittiche und vermisste Katzen. Manchmal sogar über Guppys.

»Woher wusstest du eigentlich, wann ich Geburtstag habe?«, fragte Chris.

»Ich habe diesen blassen Jungen beobachtet, der in deiner Klasse ist. Der, der wie ein Vampir aussieht. Und ich hab genau gesehen, wie du ihm einen Zettel gegeben hast.«

Chris nickte. Es war die Einladung gewesen.

»Und dann hab ich gesehen, wie er etwas später zum nächsten Mülleimer gegangen ist und den Zettel weggeschmissen hat.«

»Was? Er hat ihn einfach weggeschmissen?«

Chris hatte den Vampir am Montag nach der Feier gefragt, weshalb er nicht gekommen war. »Keine Zeit«, hatte seine knappe Antwort gelautet.

»Genau. Und weil ich gerne wissen wollte, was das

für ein Zettel war, habe ich ihn wieder rausgeholt und mir durchgelesen.«

»Du bist aber wirklich *sehr* neugierig«, bemerkte Chris.

»Das muss man, wenn man Kommissarin werden will.«

»Wieso hast du ihn überhaupt beobachtet? Beobachtest du jeden?«

Emma blickte sich nach allen Seiten um. Der Vampir stand hinten beim Hoftor vor der Hecke. Fast in jeder Pause stand er dort, ganz allein, in der einen Hand eine Stulle und in der anderen eine kleine Fahrradflasche aus Metall. Chris hatte nicht damit gerechnet, dass es so schwer sein würde, sich mit ihm anzufreunden. Er hatte inzwischen wirklich oft versucht, mit ihm zu reden – ohne Erfolg. Mehr als zwei oder drei Worte waren aus Titus nie herauszukriegen und jeden Dienstag packte er eine Viertelstunde vor Unterrichtsschluss seine Sachen zusammen und verließ den Klassenraum früher als alle anderen. Anfangs hatte Frau Vogler ihm noch damit gedroht, zum Rektor zu gehen, aber inzwischen tat sie seltsamerweise so, als würde sie es nicht bemerken.

Chris war immer noch überzeugt davon, dass Titus Hilfe brauchte. Aber wie sollte man jemandem helfen, der fast nie was sagte? Über den man fast nichts wusste? Außer, dass er im Unterricht oft einschlief und seltsamerweise in Zehlendorf zur Schule ging, obwohl er in Schöneberg zu wohnen schien.

»Ich habe ihn beobachtet, weil er klaut«, raunte Emma.

Chris blickte sie erschrocken an. Hatte sie ebenfalls gesehen, wie er Büchereibücher mitnahm? Hatte sie möglicherweise sogar Frau Hörnung oder Herrn Mertens informiert?

»*Klaut?* Was denn?«

»Kleidung.«

Emma berichtete, wie sie den Vampir mit einer großen sackartigen Tasche aus der Turnhalle hatte kommen sehen. Im Gehen hatte er den Reißverschluss der Tasche aufgezogen, um seinen Schal hineinzustopfen, als plötzlich ein kleiner Junge aus der Ersten angeschossen kam, der ihn beinahe umgerannt hätte. Der Vampir wich gerade noch rechtzeitig aus, aber die Tasche fiel zu Boden und Unmengen von Hosen, T-Shirts und Socken quollen heraus. Nach einem verdächtigen Blick zum Turnhalleneingang hatte er alles hastig wieder eingesammelt und das Schulgelände eilig verlassen.

»Wer klaut denn Socken aus der Umkleide?«, sagte Chris.

»Es waren ja nicht nur Socken«, erwiderte Emma.

»Außerdem wird echt alles Mögliche geklaut. Keine Ahnung, vielleicht verkauft er das Zeug bei eBay.«

»Und was hast du vor? Zur Polizei zu gehen?«

»Bist du verrückt?«, zischte sie. »Das ist mein erster Fall! Wenn ich der Polizei Bescheid sage, schnappt sie ihn mir weg!«

Chris lachte. Nach dem merkwürdigen Vorfall hatte Emma den Vampir mehrere Tage lang beschattet und war ihm bis nach Hause gefolgt.

»Was? Du weißt, wo er wohnt?«

»Klar«, sagte Emma. Allerdings hatte sie sich leider weder den Namen der Straße noch die Hausnummer gemerkt. »Wir können ja heute Nachmittag zusammen hinfahren«, schlug sie vor. »Dann zeig ich dir das Haus.«

Auf dem Weg zurück ins Klassenzimmer war Chris ganz in Gedanken. Wenn er erst wusste, wo Titus wohnte, würde er irgendwann einfach bei ihm klingeln. Sicher wäre der Vampir zuerst ein wenig überrascht, aber dann würde er sagen: »Chris? Was machst du denn hier?« Und Chris würde sagen: »Hallo, Titus. Ich kann dir Mathe erklären. Wie man Brüche erweitert und das Volumen eines Würfels berechnet.« Und Titus würde antworten: »Oh, nett von dir, komm doch herein.«

Als Chris den Klassenraum betrat, saß Titus bereits

auf seinem Platz und bemalte seine Fahrradflasche aus Metall mit einem schwarzen Edding.

»Was malst du da?«, fragte Chris und setzte sich.

»Ferien am Meer.«

Chris sah eine schwarze Sonne, schwarzen Sand und schwarze Wellen.

»Schick. Du bist nicht aus Zehlendorf, oder? Wo wohnst du eigentlich?«

»Auf einer tropischen Insel«, sagte Titus und malte eine schwarze Palme.

Als Chris sich nach dem Mittagessen verabschiedete, bekam Mama zum ersten Mal keinen Nervenzusammenbruch und schaffte es sogar, ihn nicht zu ermahnen, sein Handy mitzunehmen. Papa hatte ihr erklärt, dass ein zwölfjähriger Großstadtjunge in der Lage sein sollte, selbstständig öffentliche Verkehrsmittel zu benutzen – was man aber nicht lernte, indem man jeden Morgen nur eine Station mit der S-Bahn fuhr und dann jeden Nachmittag dieselbe eine Station wieder zurück. Also durfte Chris ab sofort mit der S-Bahn und dem Bus in die Stadt fahren.

Während Emma und er im Zug saßen und Richtung Innenstadt rumpelten, bombardierte Emma ihn mit Fragen. Ob er sich eigentlich an den Unfall im Garten erinnere, wollte sie wissen. Und wo seine Eltern damals eigentlich gewesen seien. Chris begann zu grübeln und stellte fest, dass er keine Ahnung hatte.

»Ich weiß nicht so genau, was damals passiert ist.«

»Willst du das denn gar nicht wissen?«

Er zuckte mit den Schultern.

Am S-Bahnhof Yorckstraße stiegen sie aus und liefen die lange Treppe hinunter, die zur Straße führte. Unten bog Emma nach links ab, genau wie der Vampir es getan hatte. Die alte Besitzerin des Trödelladens saß wieder rauchend in ihrem Ohrenbackensessel auf dem Bürgersteig und ein paar Meter weiter blieb Emma schließlich vor einer rotbraunen Tür mit der Hausnummer 8 stehen. Das Fenster gleich daneben war bunt bemalt. Mit zwei Wolken, einer Sonne und einem Meer voller Fische, über denen ein Segelboot auf dem Wasser schaukelte. Oberhalb des Fensters hing ein Schild mit der Aufschrift *Knirpshafen*.

Chris warf einen Blick auf die Klingelschilder. »Hier wohnt er aber nicht«, sagte er zu Emma. »Er heißt mit Nachnamen Baumgart, aber hier gibt es keinen Baumgart.«

»Doch, da wohnt er!«, erwiderte Emma trotzig. »Ich hab genau gesehen, wie er hineingegangen ist.«

»Aber wenn einer in ein Haus reingeht, heißt es doch noch lange nicht, dass er auch dort wohnt«, gab Chris zu bedenken.

»Doch, das heißt es!«, schimpfte Emma. »Bin ich die Kommissarin oder du? Außerdem läuft er ja hier rum! Guck, da drüben!«

»Was? Wo denn?«

»Auf der anderen Straßenseite!«

Chris drehte den Kopf. Auf dem Gehweg gegenüber rannte Titus mit flinken, dünnen Beinen und schwarzem Flattermantel wie ein flügelschlagender Straußenvogel auf der Flucht. Seltsamerweise schob er dabei einen Babybuggy, in dem ein kleiner blondgelockter Junge saß und lautstark heulte. Nach jedem endlos langen Heulton brüllte er: »Ich will nicht!« und seine kleinen Hände hielten irgendetwas fest umklammert. Der Vampir drehte den Kopf und warf einen kurzen Blick über seine Schulter, und jetzt erst entdeckte Chris in einiger Entfernung eine junge Frau mit kurzen Haaren und roter Brille, die den beiden hinterherrannte – allerdings war sie wegen ihrer hohen Absätze nicht besonders schnell. »Halten Sie sie! Halten Sie sie auf!«, rief sie einem bulligen Kerl zu, der ihnen entgegenkam und sofort seine baumstammdicken Arme ausfuhr. Doch der Vampir schlug einen Haken und stieß den Buggy so ruckartig in die Kurve, dass der Kleine fast herausgefallen wäre. Dann verschwanden die beiden in einer Seitenstraße.

Die Frau blieb einen kurzen Moment stehen, um

Atem zu schöpfen, dann schleppte sie sich keuchend weiter.

»Der klaut ja sogar Kinder!«, sagte Emma verdutzt. »Die arme Frau ... Weißt du, was ich glaube?«

»Nein, was?«

Sie blickte ihn mit großen, ernsten Augen an. »Ich glaub, wir sind einem ganz furchtbaren Verbrechen auf der Spur!«

Erst als Chris an diesem Abend im Bett lag und über die ganze Sache nachgrübelte, fiel ihm plötzlich ein, was der kleine Junge in der Hand gehalten hatte: ein Buch mit einem leuchtend gelben Aufkleber am Buchrücken. Genau wie die Aufkleber der Bücher in Frau Hörnungs Schülerbücherei.

11. Kapitel

KURZES GESPRÄCH IM SCHNELLRESTAURANT

Chris konnte sich einfach nicht vorstellen, dass Titus tatsächlich ein Kind entführt hatte. Wäre er ein echter Vampir gewesen, hätte das die Tat vielleicht erklärt. In diesem Fall wäre der Kleine im Babybuggy wahrscheinlich nicht das einzige entführte Kind. Andere Kinder wären vor ihm geraubt worden, und andere würden nach ihm geraubt werden, je nachdem, wie oft so ein Vampir seine nächste Blutmahlzeit brauchte – Chris kannte sich mit den Ernährungsgewohnheiten von Blutsaugern nicht sonderlich gut aus. Emma musste sich irren, genau wie sie sich mit dem Haus geirrt hatte, in dem Titus angeblich wohnte. Andererseits hatte der Kleine ja immerhin geschrien und geweint, und die junge Frau mit der roten Brille war den beiden hinterhergerannt, was wiederum für Emmas Theorie sprach. Seltsam.

Titus war schon da, aber anscheinend gerade mal kurz wieder fort, als sich Chris am nächsten Morgen auf seinen Platz setzte. Offensichtlich hatte der Vampir die Angewohnheit, vor Unterrichtsbeginn noch schnell aufs Klo zu rennen, wie andere vor Beginn eines Fußballspiels oder Kinofilms. Sein Erdkundebuch lag auf dem Tisch, und zwischen den Seiten guckte ein Zettel heraus. Vielleicht die Hausaufgabe? Oder ein Lesezeichen? Chris blickte sich verstohlen um und zupfte daran. Zuerst ein wenig. Dann noch ein wenig. Dann zog er den Zettel ganz heraus.

Es war eine gekrickelte Kinderzeichnung. Eine Figur mit einem Kreis als Kopf, eingerahmt von gelben Locken, mit zwei Punkten als Augen, aus denen Kugeltränen kullerten. Die Arme und Beine waren Striche, die am Kopf begannen. An den Armen saßen Hände, die wie Minisonnen aussahen, doch an den Beinen fehlten die Füße. Von der rechten Sonnenhand der Lockenperson führte ein dicker Strich bis zum Blattrand. Es sah aus wie eine Leine, fand Chris und musste an den Waldspaziergang denken, bei dem er und Mama die Oma mit dem angeleinten Kind getroffen hatten.

»Was soll das?«, zischte Titus ihm plötzlich ins Ohr und riss ihm das Blatt aus der Hand. »Hör auf, in meinen Sachen rumzuschnüffeln!«

Chris fuhr erschrocken in die Höhe. »Ich, äh ... wollte dir bloß helfen.«

»Danke, aber ich brauche keine Hilfe!« Er knüllte die Zeichnung wütend zu einem Papierball zusammen und warf ihn in seine Schultasche.

Chris staunte nicht schlecht, als er nach Unterrichtsschluss den vertrauten blauen Audi vor dem Schultor stehen sah. Sein Vater winkte ihm durch die geschlossene Fensterscheibe zu.

»Papa!«, rief Chris und riss die Wagentür auf. »Was ist passiert?«

»Was passiert ist?« Papa lachte. »Nichts Besonderes! Außer mein schlechtes Gewissen, weil ich deine Geburtstagsfeier verpasst habe. Gehen wir einen Burger essen?«

»Au ja!«

Auf der Fahrt zu McDonald's erzählte Papa von der Kanzlei und dass übrigens heute früh Frau Vogler bei ihm angerufen habe. »Sie meinte, dass du dich in letzter Zeit irgendwie auffällig benimmst.«

»Auffällig. Wieso denn auffällig?«

»Du hast einen Mitschüler verprügelt.«

»Habe ich nicht. Ich habe ihm auf die Nase gehauen und es hat nicht mal doll geblutet. Was ist denn daran auffällig? Andere tun das auch.«

»Du bist aber nicht wie andere.«

»Doch«, erwiderte Chris trotzig. »Ich bin ganz genau wie andere.«

»Frau Vogler wollte, dass wir mal zu ihr in die Elternsprechstunde kommen. Das Problem ist nur, dass ich ständig Termine habe, und Mama fühlt sich nicht so gut.«

»Das habe ich Frau Vogler schon gesagt.«

Papa drehte den Kopf und blickte ihn erstaunt an. »Bist du denn wirklich der Meinung, dass dieser Junge ...«

»Das war André, den kennst du doch.«

»... dass dieser André unbedingt eins auf die Nase brauchte?«

»Nicht unbedingt auf die Nase«, sagte Chris. »Aber die Nase war halt gerade da.«

Papa lachte. »Na, ich versuch morgen mal, Frau Vogler zu erreichen und ihr das so zu erklären.«

Bei McDonald's dauerte es eine Weile, bis sie sich mit ihren Tabletts hinsetzen konnten, weil Papa Tische und Stühle erst noch sorgfältig auf Ketchup- und Mayoflecken untersuchen musste, damit sein Jackett sauber blieb. Im Unterschied zu Oma, erklärte er, besäße er leider keinen unerklärlichen, unsichtbaren Fleckenschutz.

»Den kannst du ja auch nicht von ihr geerbt haben, weil sie Mamas Mama ist«, sagte Chris und biss in seinen Burger.

»Ja. Aber Mama hat ihn eindeutig auch nicht geerbt«, erwiderte Papa und kicherte dabei ein bisschen.

»Ich würd dich gern was fragen.«

»Dann frag.«

»Wo wart ihr damals eigentlich, als Christian ertrunken ist?«

Seinem Vater fiel fast der Burger aus der Hand.

»Wie kommst du denn jetzt darauf?«

»Nur so. Mir ist neulich eingefallen, dass ich nichts darüber weiß. Und ich erinnere mich auch nicht.«

Papas Handy klingelte.

»Einen Moment, Großer, da muss ich kurz rangehen.« Papa erklärte seiner Sekretärin Frau Hettich, wo eine bestimmte Akte zu finden sei und dass sie von der Klageschrift bitte eine Kopie machen und an Herrn Sowieso schicken solle, und außerdem brauche er noch den Zettel mit den Daten von zwei Gerichtsterminen und ...

Chris hörte nicht mehr hin, sondern konzentrierte sich lieber auf seine Pommes und ließ dabei den Blick umherwandern. Vor den Kassen hatten sich lange Schlangen gebildet, und die Leute wurden ungeduldig, weil es nicht zügig weiterging. Der Grund dafür schien eine Frau zu sein, die vorne an der Theke stand und den Betrieb aufhielt, weil sie sich mit den Kassierern unterhielt und ihnen irgendwelche Fotos zeigte. Als sie den Kopf zur Seite drehte, leuchtete das rote Gestell ihrer Brille auf ... Chris stutzte und hörte auf zu kauen. Es war dieselbe Frau, die am Tag zuvor in der Yorckstraße Titus und dem Kleinen im Babybuggy hinterhergerannt war! Was tat sie hier?

Die Kassierer schüttelten die Köpfe und schließlich bedankte sich die Frau und verließ unter Pfiffen und Gejohle eilig den Laden.

»Vielen Dank, Frau Hettich«, sagte Papa gerade und beendete das Gespräch. »Möchtest du ein paar von meinen Pommes, Chris?«

»Okay.« Er nahm sich ein paar von Papas Tablett. Inzwischen waren sie fast kalt. »Und?«

»Tut mir leid, Großer, Frau Hettich hat ...«

»Nein, ich meine, wo wart ihr damals, als Christian ertrunken ist?«

»Ach ja. Wir waren verreist. Und ihr beide wart zu Hause bei Opa und Oma.«

Wieder klingelte das Handy. »Sekunde«, sagte Papa.

Chris trank seine Cola aus und verfluchte den Erfinder des Mobiltelefons. Er hasste Handys. Er war mit Sicherheit der einzige Junge auf dem ganzen Erdball, der Handys hasste. Jedes Mal, wenn seine Mutter ihn ermahnte, es einzustecken, musste Chris an diesen Fernsehfilm über Meeresforschung denken, in dem Taucher Haien mit einer Harpune kleine Sender unter die Haut geschossen hatten, um die Tiere jederzeit orten zu können. Ein Handy war dasselbe wie ein solcher Sender, nein, sogar schlimmer, denn die Haie wurden wenigstens nicht angerufen und ermahnt, in die eine oder andere Richtung zu schwimmen und dies zu tun oder jenes zu lassen. Ein Handy wie einen Sender mit sich herumschleppen zu müssen, war eigentlich schon schlimm genug. Aber Eltern, die Handys dabeihatten, waren noch schlimmer.

»Ja, natürlich«, sagte Papa gerade. »Ja, bis gleich.« Er drückte einen Knopf, legte das Telefon aufs Tablett und biss ein letztes Mal in seinen kalten Burger. »Ich muss leider los, Sohnemann, die Pflicht ruft. Vorher verschwinde ich mal kurz. Kannst du schon mal abräumen?« Er wischte sich den Mund, faltete seine Serviette zusammen und warf sie hin. Dann lief er eilig die Treppe hinunter zu den Toiletten.

Chris betrachtete Papas Tablett und bemerkte, dass die Papierserviette das Handy halb verdeckte. Behutsam nahm er einen Zipfel zwischen Daumen und Zeigefinger und zog sie ganz über das Telefon. In Filmen, das hatte er des Öfteren gesehen, wurden den Toten immer weiße Laken über das Gesicht gezogen – dann wusste jeder, dass nichts mehr zu machen war. Tot. Aus. Vorbei.

Er nahm Papas Tablett und trug es zur Rückgabe. Neben dem Rollregal stand ein Mülleimer mit breiter Metallklappe, und Chris sah, wie die Leute ihre Tabletts davorhielten und den ganzen Verpackungsmüll durch die Klappe schoben. Chris tat dasselbe. Mit einem lauten Klong landete im Inneren des Mülleimers ein Gegenstand auf dem Metallboden.

12. Kapitel

DAS ZEITMASCHINENZIMMER

Es war still im Haus. Nur Omas alte Standuhr tickte geduldig vor sich hin. Sonntags fuhren Mama und Papa nach dem Frühstück immer zum Friedhof, und Chris blieb zu Hause, weil er es schrecklich fand, einen großen Stein anzustarren und sich dabei vorzustellen, dass irgendwo darunter sein Bruder in der Erde lag. Früher hatte er mit Oma und Opa zusammen am liebsten *Die Sendung mit der Maus* geguckt, während seine Eltern fort waren, doch inzwischen genoss er es, ab und zu auch mal allein zu sein. Es war schön, nicht auf Zehenspitzen laufen zu müssen, weil Mama mit Kopfschmerzen auf dem Sofa lag. Es war schön, die Fensterläden, die oft halb geschlossen waren, weit aufzureißen und das Licht hereinzulassen. Meistens ging Chris als Erstes zur Stereoanlage, um eine CD einzulegen, denn auch Musik mochte Mama leider nicht so gern. Wenn er Lady Gaga hören wollte, sagte sie meistens: »Nimm doch mal ein bisschen Rücksicht.« Was Chris nicht wirklich logisch fand, denn eigentlich tat er den ganzen Tag nichts anderes.

Doch an diesem Sonntag blieb die Stereoanlage aus, weil er sich vorgenommen hatte, das *Zimmer* zu betreten, in dem er jahrelang nicht mehr gewesen war. Seine Mutter schlug ihm regelmäßig vor, doch mit ihr hineinzugehen und sich die schönen alten Dinge anzusehen, aber schon die Vorstellung bereitete ihm Magengrummeln. Wenn er es schon tat, dann lieber ohne sie. Für Mama war das Zimmer eine Zeitmaschine, mit der sie in das Damals zurückreiste, als die Familie noch vollständig gewesen war. Mama, Papa, Christian und Christoph. Papa hatte häufiger erwähnt, dass er zu Hause ein Büro gebrauchen könnte. Und Chris, dessen Zimmer nicht besonders groß war, benötigte dringend mehr Platz. Doch Mama weigerte sich, irgendetwas zu verändern. »Das *Zimmer* bleibt genau so, wie es ist«, beharrte sie jedes Mal, wenn Papa und Chris vorschlugen, endlich alles auszuräumen und zu renovieren.

Chris drückte die Klinke hinunter und ging hinein. Das sanfte Dämmerlicht eines Stoffrollos umfing ihn. Er lief zum Fenster, ließ das Rollo nach oben schnalzen, und die Gegenstände im *Zimmer* begannen zu leuchten, als hätte jemand einen Scheinwerfer darauf gerichtet. Nun war alles deutlich zu erkennen.

Rechts vom Fenster stand das alte Zwillingsbabybett aus weiß lackiertem Holz, mit dem kleinen Trenngitter in der Mitte. Darin lagen unzählige Kuscheltiere: ein Bär, ein Tiger, ein Pinguin und eine Elefantengroßfamilie. Mama hatte ihm erzählt, dass Christian Elefanten ganz besonders liebte. Eigentlich hatte er nur einen einzigen Elefanten besessen und ihn fast immer und überall mit sich herumgeschleppt. Der Kuschelelefant hieß Tröti und hatte wie die meisten Kuscheltiere keine engeren Verwandten gehabt. Aber nach Christians Tod hatte Tröti Mama dermaßen leidgetan, dass sie ihm nach und nach eine ganze Familie zusammengekauft hatte – mal zu Christians Geburtstag, mal zu Weihnachten, zu Ostern oder Nikolaus. Deswegen war Tröti inzwischen das einzige Stofftier im *Zimmer* mit Eltern, Geschwistern und Großeltern.

Chris blickte sich um und entdeckte Bauklötze, die auf dem Boden herumlagen, als hätte vor Kurzem noch jemand damit gespielt und dann das Aufräumen vergessen. In den Regalen standen Bilderbücher und Spielzeugautos und an den Wänden hingen bunte Pappen mit aufgeklebten Fotos. Die Zwillinge als Babys und als Kleinkinder. Im Garten, im Zimmer, im

Doppelbuggy. Mit Oma und Opa. Mit Papa, mit Mama, mit Rocco als Welpe. Auf einem der Fotos war die ganze Familie auf einem Gartenfest zu sehen. Chris musste lachen, als er Papa auf dem Bild entdeckte – alle unterhielten sich, die Kinder von Onkel Henri, Tante Anna und Tante Mina tobten herum, nur Papa war am Telefonieren.

Bei McDonald's hatte er nach seiner Rückkehr von den Toiletten einen Riesenstreit mit dem Restaurantleiter begonnen, der den Mülleimer nicht öffnen wollte und meinte, die Verantwortung für persönliche Wertgegenstände läge beim Kunden, da könne er leider auch nicht weiterhelfen. »Meinem Sohn ist ein Versehen unterlaufen«, hatte Papa ganz ruhig geantwortet. Er war davon überzeugt gewesen, selber an dem Missgeschick schuld zu sein, weil er die Serviette achtlos auf das Telefon geworfen hatte. »Sollten Sie den Mülleimer nicht umgehend öffnen, setze ich Ihnen bis morgen früh um acht Uhr eine Frist. Falls mein Handy bis dahin nicht für mich bereitliegt, droht Ihnen eine Schadensersatzklage … Das könnte teuer für Sie werden.«

Der Restaurantleiter hatte einen Moment gezögert und dann den Mülleimer doch lieber schnell geöffnet, um Papas senfverschmiertes Telefon herauszufischen.

Chris betrachtete auf jedem Foto die beiden identischen Kindergesichter, aber so lange er auch schaute, er entdeckte einfach keinen Unterschied.

Das vertraute Knirschen des Hausschlüssels ließ ihn zusammenzucken. Mist, dummerweise hatte er die Tür zum *Zimmer* nicht zugemacht! Sie stand halb offen.

Mama streckte ihren Kopf herein. »Chris! Nanu, was machst du denn hier?«

»Und du?«

»Ich hab den Korb vergessen.« Der Korb mit Mamas Gartenhandschuhen und der kleinen Hacke, der Schaufel und dem Unkrautzupfer stand immer griffbereit neben der Kommode in der Diele. »Wie schön, dass du wieder mal hier drin bist.« Sie kam zu ihm herein, genau wie Chris befürchtet hatte. »Schaust du dir die Fotos an?«

Er nickte.

»Das hier war an eurem zweiten Geburtstag. Sieh mal, wie ihr lacht. Christian zieht an deinem Arm.«

»Und woher weißt du das?« Sie blickte ihn verständnislos an. »Ich meine, woher weißt du, wer von uns beiden wer ist? Vielleicht ist es ja umgekehrt. Vielleicht ziehe ich ja Christian am Arm? Vielleicht ist er ja gar nicht ertrunken, sondern ich, und ihr habt uns die ganze Zeit verwechselt und ich bin nicht ich, sondern er.«

Mamas Lippen begannen zu zittern. Tränen traten ihr in die Augen und sie schlang ihre Arme um ihn und weinte seine Haare nass. »O Gott, mein Schatz!«, schluchzte sie und wiegte sich mit ihm vor und zurück und vor und zurück, als wäre er ein brüllendes Kleinkind, das beruhigt werden müsste.

Chris merkte, wie er stocksteif wurde und sich plötzlich keinen Millimeter mehr rühren konnte. Er fühlte sich wie im Würgegriff einer Anakonda, obwohl sie ihn gar nicht so fest an sich drückte. Aber ihr Weinen versetzte ihn jedes Mal in eine Art Lähmungszustand. Er hasste es, wenn sie weinte. In all den Jahren musste sie literweise Tränen vergossen haben, ganze Badewannen voll.

Sein Bruder war im Teich ertrunken. Er selbst ertrank in Tränen.

Zum Glück ließ seine Mutter ihn nach kurzer Zeit wieder los. »Natürlich bist du du ...« Sie schniefte. »Daran besteht kein Zweifel.«

»Gut. Wer bin ich auf dem Foto da?«

»Du bist rechts, dein Bruder links.«

»Und auf dem?«

»Du links und Christian rechts.«

»Auf dem?«

»Du sitzt vorne, Christian hinten.«

»Und auf dem hier?«

Seine Mutter lächelte. »Aber da ist ja nur einer«, sagte sie.

»Ja, aber wer?«

»Du. Nur du. Du, du, du.«

»Okay, ich glaube dir.«

»Vielen Dank.«

»Und dieser kleine Rettungswagen dahinten auf der Fensterbank hat früher doch bestimmt mir gehört?«

Mama schüttelte den Kopf. »Nein, du hattest ein Polizeiauto, das steht da drüben im Regal.« Sie deutete hinüber. »Der Rettungswagen gehörte eigentlich deinem Bruder.«

»Oh.« Irgendwie hatte Chris fest damit gerechnet, dass es umgekehrt gewesen war. »Kann ich ihn haben?« Mama zögerte einen Moment, dann nickte sie. Chris nahm sich den Rettungswagen und lief damit zur Tür. Als er fast schon draußen war, fiel ihm noch etwas ein.

»Hätte ich damals irgendwas tun können, um ihm zu helfen?«

»Natürlich nicht. Du warst doch viel zu klein. Papa und ich hätten etwas tun können, aber wir waren leider nicht zu Hause.«

»Und Opa und Oma?«

Mama dachte eine Weile nach. »Oma hat mir erzählt, dass sie sich wunderte, dass ihr so still wart. Dass ihr gar nicht wie sonst die ganze Zeit miteinander geredet habt. Ihr hattet doch so eine Art geheime Babysprache … Und dass du gar nicht nach ihr gerufen hast, als es passiert war.«

13. Kapitel

DIE FAHRT IM GLASKASTEN

Als Chris am nächsten Tag nach Unterrichtsschluss über den Pausenhof schlenderte und an dem kleinen Rektoratszimmer im Erdgeschoss vorbeikam, streckte der Schulleiter seinen Kopf zum Fenster heraus und bat ihn kurz in sein Büro.

»Chris«, begann Herr Mertens, ohne aufzublicken, als Chris auf dem Stuhl vor seinem Schreibtisch Platz nahm. »Chris«, wiederholte er, während er ein paar Papierstapel durchsuchte und dabei nervös auf seinem Nikotinkaugummi herumkaute. »Sekunde ...« Er blätterte immer noch, und Chris stellte schnuppernd fest, dass das Rektorat an diesem Tag nach Weihnachtsbäumen roch. Die dazugehörige Spraydose stand direkt vor ihm auf dem Schreibtisch – *Tief im Tannenwald* war auf dem Etikett zu lesen. »Chris.« Herr Mertens gab seine Suche auf und blickte ihn an. »Oh. Du siehst aber gar nicht gut aus heute. Hast du etwa schlecht geschlafen?«

Chris nickte. Er hatte in der Tat nicht gut geschlafen und beim morgendlichen Blick in den Badezimmerspiegel eine erschreckende Ähnlichkeit mit dem Vampir festgestellt: Seine Haut wirkte blass, die Schultern waren kraftlos nach unten gesackt und unter den Augen hatten sich halbmondförmige Schatten gebildet. In der vergangenen Nacht war er mehrmals aus irgendwelchen schlimmen Träumen erwacht und hatte hinterher eine Ewigkeit gebraucht, um wieder einzuschlafen.

»Deine Klassenlehrerin hat mir erzählt, dass es in letzter Zeit Probleme gibt. Sie hat deine Eltern mehrmals gebeten, in die Elternsprechstunde zu kommen, aber da passiert leider nichts. Außerdem sollst du ihr unverschämte Antworten gegeben und einen Jungen aus deiner Klasse geschlagen haben. Was sagst du denn dazu?«

Chris erzählte ihm alles, was passiert war. Von Andrés blöden Sprüchen über Emma, von Frau Voglers Gemeinheiten mit Titus und wie ihm plötzlich schlecht geworden war, weil Titus ihm so leidgetan hatte.

Als er mit Erzählen fertig war, sagte Herr Mertens »Verstehe« und spuckte seinen Kaugummi in den

Mülleimer. Dann sagte er »Sekunde« und stellte sich mit einer Zigarette ans offene Fenster, um sie in Windeseile zur Hälfte zu rauchen und bei jedem Ausatmen den Kopf hinauszustrecken, damit der Qualm auf keinen Fall ins Zimmer wehte und den schönen Tannenduft verdarb. Schließlich drückte er die halb gerauchte Zigarette am Fensterrahmen aus und setzte sich wieder.

»Sag mal, bist du mit Titus eigentlich befreundet?«, fragte er.

»Eigentlich nicht«, sagte Chris.

»Wir wissen ja alle, dass du anderen schon oft geholfen hast«, sagte Herr Mertens.

»Nur manchmal«, korrigierte Chris.

»Könntest du dich nicht ein bisschen um ihn kümmern? Ich glaube, so was wie einen Freund könnte er ganz gut gebrauchen. Du könntest ihn doch mal besuchen.«

»Ich weiß ja gar nicht, wo er wohnt«, erwiderte Chris.

»Er wohnt, Sekunde ...« Herr Mertens begann wieder in seinen Papierstapeln zu kramen. »In der Yorckstraße 51.«

»Gut, dann besuche ich ihn mal.«

»Ich danke dir«, sagte Herr Mertens.

Auf dem Bahnsteig überlegte Chris, ob er Emma anrufen sollte, die meist früher Schulschluss hatte als er und daher längst zu Hause war. Doch gleich die nächste einfahrende Bahn war eine S1 Richtung Innenstadt, also ließ er das Handy wieder in seine Hosentasche gleiten und stieg ein.

Am Bahnhof Yorckstraße bog er diesmal unten an der Treppe nach rechts ab, bekam von irgendjemandem einen Werbezettel in die Hand gedrückt und schlenderte an einer Dönerbude und am Eingang zur U-Bahn vorbei. Der Vampir wohnte tatsächlich fast direkt am S- und U-Bahnhof, denn schon das übernächste Gebäude war das mit der Nummer 51, ein graubrauner Altbau mit gemauerten Blumentrögen voller Stiefmütterchen vor dem Haus. An den Wänden rankte sich grüner Efeu empor und links vom Eingang befand sich eine kleine Kneipe mit einer gestreiften Markise über dem Fenster. Über der Kneipentür klebte ein selbst gemachtes Pappschild, auf dem mit Filzstift geschrieben stand: »Ab 18! Hier wird geraucht! Heute Darts-Turnier!«

Chris guckte auf die Klingelschilder und entdeckte in der obersten Reihe den Namen *Baumgart*. Er drückte auf den Knopf und wartete, während er überlegte, was er wohl sagen sollte, wenn Titus ihm oben im Treppenhaus die Tür öffnete. Vielleicht: »Hallo. Kann ich helfen?« Aber Hilfe wollte der Vampir ja nicht. »Hallo. Ich soll dich mal besuchen.« Nein, das auf gar keinen Fall. Aber was dann?

Kein Summen. Kein Knistern aus der Sprechanlage. Chris drückte noch mal.

»Na, keener da?«, sagte ein Mann, der eine fleckige Kellnerschürze um die Hüften trug und mit einer kleinen Metallgießkanne in der Hand aus der Kneipentür getreten war, um die Stiefmütterchen zu gießen. Chris schüttelte den Kopf. »Willste wat in 'n Briefkasten schmeißen?«, fragte er und deutete auf den Werbezettel. Chris nickte und hielt ihn hoch.

Der Mann griff in seine Hosentasche und zog einen großen Schlüsselbund heraus, der an einer langen Metallkette hing. Dann stellte er das Kännchen ab und schloss die Haustür auf.

»Vielen Dank«, sagte Chris.

»Kostet ausnahmsweise nüscht.« Der Mann lachte und verschwand wieder in der Kneipe.

Der Durchgang zum Hinterhof war duster und roch ein wenig muffig, doch am Eingang zum Treppenhaus entdeckte Chris etwas Ungewöhnliches: ein kleines Hinweisschild mit dem Wort *Aufzug* und darunter einen Pfeil, der um die Ecke zeigte. Aufzüge gab es in solchen alten Mietshäusern nur selten, und dass der Name des Vampirs auf dem Klingelschild in der obersten Reihe stand, bedeutete mit Sicherheit, dass er ganz oben wohnte, also folgte Chris dem Pfeil.

Erst als die Tür sich hinter ihm schloss und der Aufzug mit einem Ruck anfuhr, merkte Chris, dass er in einem Glaskasten stand, der sich durch einen gläsernen Schacht bewegte. Der Aufzug war nachträglich hinten im Hof angebaut worden, und von der gläsernen Kabine aus blickte Chris auf Fahrräder, Mülltonnen, einen fast schon kahlen Ahornbaum und die Fenster der Nachbarhäuser. In seiner Magengegend machte sich ein seltsames Ziehen bemerkbar, während es höher und höher hinaufging. Als er sich mit Schwung nach links drehte, um an der Seite hinauszugucken, hielt der Aufzug plötzlich an. An den Fenstern der Fassade sah Chris sofort, dass er noch nicht oben war, sondern irgendwo zwischen zwei Etagen feststeckte. Kein Laut war zu hören, kein Surren der Seile, kein Motorengeräusch. Der Aufzug rührte sich nicht.

Chris schlug gegen die Tür. »Hallo? Hallo!« Die Tür blieb zu. Ihm wurde mulmig. Er saß in diesem engen Kasten wie ein Hamster im Käfig. Wie sollte er hier wieder herauskommen? Wer sollte ihm helfen? Er wollte sofort hier raus! Auf der Stelle! »Hilfe!« Seine Fäuste hämmerten an die Metalltür. »Lasst mich raus!«

»Klappe, ihr verdammten Blagen!«, brüllte eine

Männerstimme von irgendwo weiter unten. Chris zuckte erschrocken zusammen. »Spielt gefälligst woanders!« Dann war zu hören, wie eine Tür zuknallte.

»Hiiiiiiiiiiiiiiilfe!«

»Hallo?«, hallte eine Stimme durch das Treppenhaus. »Kann ich helfen?«

Normalerweise war es Chris, der diese Frage stellte. Der umgekehrte Fall erschien ihm etwas ungewohnt. Die Stimme klang ein ganzes Stück entfernt, aber sie kam ihm irgendwie bekannt vor.

»Titus! Bist du das?«

»Chris? Bist du das?«

»Ich bin hier eingesperrt, hol mich raus! Ich stecke im Aufzug fest!«

»Ich kann dich da nicht rausholen ...«

»Aber du musst!«, schrie Chris. Panik stieg in ihm auf. Sein Herz schlug bis zum Hals. Völlig außer sich trat er gegen die Tür.

»Hör auf damit und hör mir zu«, sagte Titus' Stimme, nun aus nächster Nähe. »Beruhige dich. Alles kein Problem, du kommst da schon wieder raus.«

»*Wie* denn?«

»Guck mal auf die Knöpfe.«

»Was redest du denn da? Was für Knöpfe?«, keuchte Chris.

»Die zum Drücken natürlich. Und unter den Knöpfen ist ein Schalter, über dem steht STOPP. Siehst du den?«

»Ja.«

»Dann drück mal drauf.«

Chris drückte den Schalter und wie durch ein Wunder setzte der Aufzug sich tatsächlich in Bewegung, fuhr ungefähr einen Meter nach oben und kam mit einem kräftigen Ruck zum Halt. Die Türen öffneten sich und vor ihm stand Titus und grinste ihn an. »Was machst du denn hier?«, fragte er.

»Ich ...« Chris fiel zum ersten Mal seit längerer Zeit nichts Passendes ein. »Danke ... Wieso gibt es unten denn nirgendwo ein Schild, wo draufsteht, dass dieses verdammte Ding kaputt ist?«

Titus erklärte ihm, dass er wahrscheinlich mit der Schultasche auf seinem Rücken an den Notschalter gekommen sei, mit dem der Aufzug sich jederzeit stoppen ließ.

»Oh ... Ach so.«

»Mach dir nichts draus. Ist mir auch schon mal passiert, ganz genau dasselbe. Damals kam die Feuerwehr.«

Im nächsten Moment war eine halbe Treppe höher hinter einer der Türen ein weinendes Kind zu hören. Ein lang gezogener Heulton, danach eine kleine Pause, dann der nächste Heulton, diesmal noch viel länger.

»Entschuldige«, sagte der Vampir und kramte eilig seinen Schlüsselbund aus der Hosentasche. »Ich hab zu tun. Wir sehen uns morgen in der Schule!« Er sprang die Stufen hinauf, sperrte rasselnd die Tür auf, schlüpfte durch den Spalt und schloss sie hinter sich.

Einen Moment lang blieb Chris unschlüssig stehen. Dann stieg er mit weichen Knien die Stufen hinunter.

14. Kapitel

LARA LORNER UND DIE LIEBE

Das gelbe Nachbarhaus von Emma leuchtete schon von Weitem in der Sonne und wirkte so viel freundlicher und einladender als sein eigenes, dass Chris beim Einbiegen in die kleine Kastanienallee nicht die geringste Lust verspürte, nach Hause zu gehen. Stattdessen öffnete er die Gartenpforte, stapfte den knirschenden Kiesweg entlang und drückte auf den Klingelknopf.

Emmas Mutter öffnete die Tür. »Hallo, Chris!« Sie sah genauso aus wie ihre Tochter, nur ein wenig älter. Zierlich, mit schmalen Händen und rotblonden Haaren, die schnurgerade herabhingen.

»Ist Emma da?«

»Emma ist bei einer Freundin. Aber sie müsste so in einer Viertelstunde wieder hier sein.«

»Oh.« Er wandte sich zum Gehen.

»Nein, nein, du kannst doch reinkommen und hier auf sie warten. Es dauert bestimmt nicht lange. Emma ist immer sehr pünktlich.«

»Na gut.«

Emmas Mutter führte ihn in ein großes, helles Zimmer mit knarrenden Dielen und hohen Bücherregalen, die bis zur Decke gingen. Nie zuvor hatte Chris so viele Bücher in einem einzigen Raum gesehen. Es waren mehr als in der Schülerbücherei. Während Emmas Mutter in die Küche ging, um ihm ein Glas Saft zu holen, fiel sein Blick auf eins der unteren Regale, in dem seltsamerweise unzählige Exemplare desselben Buches in Reih und Glied nebeneinanderstanden. Als hätten Emmas Eltern eine ganze Kiste von dem Buch gekauft. Chris zog eins davon heraus und betrachtete den Umschlag. Auf dem Bild war eine rothaarige Frau zu sehen, die in ihrem winzig kleinen Auto einer blutroten Spur von Männerschuhen hinterherfuhr. *Lara Lorner und der tote Schuster* lautete der Titel.

Emmas Mutter kam mit einem Tablett voller Gläser und einem Mann zurück, der Chris die Hand drückte. Um seine Augen rankten sich winzige Lachfalten, die in alle Richtungen zeigten, und auf seinem Kopf wuchsen wilde graue Locken. »Hallo«, sagte er. »Ich bin Emmas Vater. Nimm doch Platz.«

Chris räusperte sich. »Guten Tag«, sagte er. »Da

sind ja so viele Bücher im Schrank, die genau gleich aussehen.«

»Was ist denn mit deiner Stimme?«, unterbrach ihn Emmas Vater.

»Was soll damit sein?«

»Die klingt heiser.«

Wie seltsam, dass jemand sich um seine Stimme sorgte, fand Chris. Erwachsene fragten normalerweise, warum man so blass war oder ob man schlecht geschlafen hatte, oder sie legten einem die Hand auf die Stirn, um zu fühlen, ob man Fieber hatte, aber nach seiner Stimme hatte ihn wirklich noch niemand gefragt! Allerdings hatte er seit der Fahrt in diesem grässlichen Glaskasten tatsächlich ein komisches Gefühl im Hals und sich darüber schon gewundert.

Er räusperte sich. »Na ja, ich weiß ...«

»Nicht räuspern!«

»Wie bitte?«

»Nicht räuspern«, wiederholte Emmas Vater. »Soll ich mal in deinen Hals gucken?«

Chris fand die Frage äußerst merkwürdig, und als einzige logische Erklärung fiel ihm ein, dass Emmas Vater wohl leider nicht ganz richtig im Kopf war. Er legte das Buch beiseite und stand auf. »Ich muss so langsam nach Hause ...«

Emmas Mutter lachte. »Nun hast du ihn verschreckt«, sagte sie zu ihrem Mann. Und dann erklärte sie Chris, dass ihr Mann von Beruf *Phoniater* sei, ein Arzt für die Stimme, zu dem vor allem Sänger, Schauspieler und Lehrer kämen, wenn sie Probleme beim Singen oder Sprechen hatten.

»Ach so«, sagte Chris und nahm wieder auf dem Sofa Platz.

»Und leider vergisst er immer, dass er gerade ausnahmsweise mal nicht in der Praxis ist, wenn er gerade ausnahmsweise mal nicht in der Praxis ist.«

»Gar nicht wahr«, brummte Emmas Vater. »Aber Räuspern ist für die Stimme wirklich nicht so gut. Und wenn du heiser bist, dann kann ich dir vielleicht ja helfen?«

Erstaunlich, dachte Chris, wie oft man ihm neuerdings Hilfe anbot. »Na gut«, krächzte er. »Ich habe einen Kloß im Hals.«

Emmas Vater schien über den Kloß wirklich sehr erfreut zu sein und holte sogleich seine Arzttasche, aus der er eine Stirnlampe zutage förderte. Er setzte sie sich auf den Kopf, Chris sperrte den Mund auf, seine Zunge wurde mit einem Holzstäbchen heruntergedrückt und dann schob ihm Emmas Vater ganz, ganz vorsichtig ein Instrument mit einem kleinen eingebauten Spiegel in den Rachen. »Damit kann ich die Stimmbänder sehen. Sag mal hi-hi-hi.«

Chris bezweifelte, dass man mit Stangen und Stäben im Hals überhaupt irgendetwas sagen konnte, aber er versuchte es und musste husten.

Emmas Vater zog die Instrumente blitzschnell wieder zurück. »Schon vorbei«, verkündete er. »Jetzt noch kurz Ohren und Nase.«

Das Ergebnis der Untersuchung lautete, dass Chris wunderschöne Nasenlöcher habe, durch die er sehr gut Luft bekam. Seine Ohren seien hervorragend gewaschen und in seinem Hals gebe es nichts Auffälliges festzustellen.

»Und mein Kloß?«

»Der kommt jedenfalls nicht von innen. Das können auch die Halsmuskeln sein. Wenn die verspannt sind, hat man das Gefühl, der Hals wird eng.«

Interessanterweise fühlte Chris sich nach der Untersuchung gleich viel besser – möglicherweise, weil es guttat, mit Sicherheit zu wissen, dass es kein Innenkloß war und in seinem Hals nichts feststeckte, wie es bei Leo der Fall gewesen war.

Während er ein paar Kekse knabberte und ein Glas Saft trank, erzählte Emmas Mutter, dass sie Krimis schrieb und deshalb so viele Bücher im Regal standen, die gleich aussahen, weil der Verlag ihr von jedem neuen Buch eine ganze Kiste Belegexemplare schickte, sobald es fertig war.

»Aber auf dem Buch hier steht Kamilla Karstens, so heißen Sie doch gar nicht.«

»Das ist mein Pseudonym«, erklärte Emmas Mutter verlegen.

»Ganz schön dick«, sagte Chris und wog den Krimi in der Hand.

»Und weißt du auch, warum?«, sagte Emmas Vater. »Weil diese Kommissarin sich mindestens dreimal am Tag verliebt. Ach was, viel öfter! Mindestens dreimal in jeder Stunde ...«

»Das stimmt doch gar nicht«, protestierte Emmas Mutter.

»O doch. Auf jeder zweiten Seite. Los, wir machen einen Test: Schlag den toten Schuster irgendwo auf, Chris, und guck nach, was da steht ... Ich wette, sie verliebt sich. Na los.«

Chris schlug irgendeine Seite auf und musste grinsen.

»Und?«

»Sie verliebt sich.«

»Nein!«, rief Emmas Mutter.

»Doch!«, rief Emmas Vater triumphierend. »Lies vor, Chris!«

Als Lara Lorner in den Bus stieg, traf der Blick des Fahrers sie wie ein Stromschlag. Seine dunklen

Augen blitzten auf und ein Lächeln umspielte seinen Mund. Ihr stockte der Atem. »Wohin fahren Sie?«, fragte sie. »Wohin du willst«, sagte er und kritzelte eine Telefonnummer auf ihre Fahrkarte. Das Stück Papier in ihrer Hand schien zu glühen und Sekunden später stand ihr Herz in Flammen.

»Ganz genau wie *mein* Herz!«, rief Emmas Vater und küsste seiner Frau charmant die Hand. »Vergiss das bitte nicht, wenn du das nächste Mal mit dem Bus fährst!«

Emmas Mutter lachte.

»Wie viele Bücher haben Sie denn schon geschrieben?«, erkundigte sich Chris.

»Bis jetzt neun. Alles Lara-Lorner-Krimis. Und zurzeit schreibe ich am zehnten: *Lara Lorner und das vermisste Kind.*« Er blickte sie fragend an. »Es geht um einen kleinen Jungen, der in seinem Kinderwagen entführt wird …«

»Oh«, sagte Chris. »Von einem anderen Jungen, der älter ist?«

»Ja, tatsächlich! Aber woher weißt du denn das? Hat Emma dir davon erzählt? Sie hatte nämlich die Idee.«

Ehe er antworten konnte, öffnete sich die Tür, und herein spazierte Emma. Sie begrüßte ihn, als wäre er schon tausendmal bei ihr zu Besuch gewesen, erzählte von ihrer besten Freundin Leonie, die inzwischen zwei neue Meerschweinchen besaß, und fiel mit Heißhunger über die Schokoladenkekse her, die auf dem Tisch standen. Als sie das Buch mit der blutigen Fußspur auf dem Sofa liegen sah, fragte sie ihre Mutter: »Sag mal ... Ist dir schon eingefallen, warum der ältere Junge den jüngeren entführt?« Sie blinzelte Chris unauffällig zu.

»Ja.«

»Und warum?«

»Weil es Brüder sind. Ihre Eltern sind geschieden. Der ältere Junge wächst beim Vater auf und der jüngere bei der Mutter. Und eines Tages holt der ältere Bruder den Kleinen aus dem Kindergarten ab und entführt ihn, weil er und sein Vater ihn schon so lange nicht gesehen haben und ihn schrecklich vermissen ...«

Emma riss vor Staunen Mund und Augen auf. »Natürlich! Das ist es!«, rief sie begeistert. »Genau das ist der Grund! Dass ich da nicht selber drauf gekommen bin!«

Ihre Mutter lächelte. »Es war doch schon eine große Hilfe, dass du die Idee mit der Entführung hattest«, sagte sie. »Ein bisschen Arbeit musst du mir noch übrig lassen.«

Als Chris wenig später die Straße entlang nach Hause lief, war er so beschwingt, dass seine Beine sich federleicht anfühlten. Es schien, als wäre er in einer völlig anderen Welt gewesen, und der Kloß in seinem Hals war verschwunden.

15. Kapitel

IM REGENWALD

Rocco besaß eine sehr sensible Hundeseele. Immer wenn die Stimmung zwischen Oma und Opa besonders gereizt war, begann er zu jaulen und zu winseln und verzog sich wie ein unglückliches Kind, dessen Eltern gerade stritten. Deshalb wusste Chris sofort, dass unten im Erdgeschoss wieder einmal Streit in der Luft lag, als er Omas Küche betrat und Rocco, der sich im Hundekorb zusammengerollt hatte, den Kopf hob und ihn traurig fiepend begrüßte.

Oma saß im Wohnzimmer auf dem Sofa, vor sich eine Tasse Tee, und starrte durch das Fenster ins Geäst des kahlen Apfelbaums.

»Wo ist Opa?«, fragte Chris.

»Weg«, sagte sie.

»Wie, weg?«

»Wir hatten eine kleine Auseinandersetzung. Ich

sage ihm jedes Mal, dass er nicht mit seinen schmutzigen Gartenschuhen hereinkommen soll, und er tut es trotzdem. Er benimmt sich ganz unmöglich.«

Chris spürte, wie urplötzlich kalte Wut ihn ihm hochstieg. »Du aber auch!«

Seine Oma zuckte so heftig zusammen, dass ihr fast die Teetasse aus der Hand fiel – sie schaffte es gerade noch, sie sicher auf der Untertasse abzustellen. »Wie kannst du so etwas denn sagen! Ich kümmere mich hier im Haus um alles, ich koche für euch, ich wasche für euch, ich mache mit dir Hausaufgaben …«

»Du bist die ganze Zeit gemein zu ihm! Von morgens bis abends. Da würde ich auch mit schmutzigen Schuhen über deinen Teppich laufen!« Oma schnappte erschrocken nach Luft. »Wo ist er?«

»Er wollte in den Wald.«

»Was? Und du hast ihn einfach gehen lassen?« Chris rannte in die Diele hinaus und zog sich Jacke und Schuhe wieder an.

»Chris!«, rief Oma ihm hinterher.

Mit einem lauten Knall warf er die Haustür zu.

Der Waldweg schlängelte sich zwischen hohen Buchen bis zum Ufer hinunter, wo die Brücke über das kleine Stauwehr führte, das den See vom Bachlauf trennte. Chris rannte hinüber und entschied sich dann für den linken Pfad, der zur Lichtung mit dem Spielplatz führte. Aber dort war niemand. Die rote Plastikschaukel schwang im Wind ein wenig hin und her und im nächsten Moment verfinsterte sich der Himmel und riesenhafte Wolkengebilde näherten sich wie die grauen Schiffe einer Kriegsflotte. Es begann zu nieseln, dann erschütterte ein Donnerschlag die Luft und ungeheure Wassermassen prasselten zu Boden.

Chris sprintete ans andere Ende der Lichtung, wo zwischen den Bäumen ein kleiner überdachter Hochsitz aufragte, zu dem Leitersprossen hinaufführten. Und als er, nass bis auf die Haut, den kleinen Unterschlupf erreichte, saß dort oben sein Großvater. »Gut, dass du kommst«, sagte er. »Ich habe nämlich keine Ahnung, wo ich bin.«

Ein kalter Wind kam auf und pfiff durch die Ritzen zwischen den Holzbohlen zu ihnen herein. Chris zitterte, die nassen Kleider klebten ihm am Leib. Dummerweise trug er nur die dünne Stoffjacke, die er morgens in der Schule angehabt hatte.

»So langsam wird's November«, brummte Opa. »Zieh lieber mal das nasse Zeug da aus und nimm meine dicke Jacke.«

»Aber dann frierst du doch.«

»Ach was.«

Ohne das nasse T-Shirt und die nasse Jacke fand

Chris den Hochsitz fast gemütlich. Opas Jacke war richtig warm und so groß, dass auch die Beine ein bisschen Wärme abbekamen. Die viel zu langen Ärmel umhüllten seine Hände wie Handschuhe.

Eine Weile saßen sie schweigend nebeneinander und lauschten dem Regen, der aufs Dach trommelte. Fast klang es wie Hagel.

»Oma hat gesagt, du hättest den Teppich versaut.«

»Ach, um den Teppich geht's doch gar nicht!«

»Nicht? Worum denn dann?«

Opa strich sich nachdenklich über seine weißen Bartstoppeln. »Um deinen Bruder«, sagte er. »Sie findet, dass ich an allem schuld bin.«

Chris blickte ihn verdutzt an. »Du, Opa? Ich dachte, ich.«

»Du? Wieso denn du?«

»Weil Mama meinte, Oma hätte sich sehr gewundert, dass ich nicht gerufen habe, als Christian in den Teich fiel.«

Opa stieß einen Fluch aus. »Was für ein ausgemachter Schwachsinn! Oma konnte sich über gar nichts wundern, weil sie nämlich gar nicht da war, als es passiert ist.«

»Aber Mama hat gesagt ...«

»Deine Mutter hat doch keine Ahnung«, knurrte Opa ärgerlich. »Sie und Papa sind damals übers Wochenende zu einem Fest gefahren. Und Oma und ich sollten auf euch aufpassen.«

Es war ein warmer Sommertag gewesen, erzählte er, und Oma hatte als Nachtisch Vanilleeis mit Schokostreuseln geplant und dann festgestellt, dass sie dummerweise vergessen hatte, Eis zu kaufen. Also fuhr sie rasch noch mal zum Supermarkt. Opa saß mit den Zwillingen am Gartenteich, als das Telefon klingelte. Er lief über die Terrasse ins Wohnzimmer und nahm den Hörer ab. Es war Mama, die vom Fest anrief, um zu fragen, ob alles in Ordnung sei. Die beiden telefonierten wirklich nicht sehr lange, doch als Opa in den Garten zurückkam, war gar nichts mehr in Ordnung, denn er kam zu spät. Christians Oberkörper war nach vorn gekippt und sein Kopf war schon zu lange unter Wasser gewesen.

»Ich glaube, Mama weiß nicht mal, dass Oma damals gar nicht da war. Ich hab's ihr jedenfalls nicht erzählt. Und Oma hat sich bestimmt nicht getraut, auch später nicht.«

»Aber warum habe ich denn nicht gerufen? Das kann man doch mit zweieinhalb.«

Opa blickte ihn an. Das Blau seiner wässerigen Augen war mit den Jahren immer blasser geworden, wie bei einem zu oft gewaschenen Pullover. »Chris, jetzt hör mal zu. Du kannst wirklich nichts dafür. Überhaupt nichts. Du hast mit deinen Autos gespielt und gar nicht mitbekommen, was passiert ist. Wenn einer schuld ist, dann bin ich es.«

»Deswegen ist Oma so gemein zu dir?«

Opa seufzte. »Am gemeinsten ist sie, wenn sie auf sich selber wütend ist. Sie macht sich eben Vorwürfe, weil sie nicht zu Hause war, als es passierte ...«

Das Trommeln des Regens war verstummt. Opa streckte seine flache Hand aus. »Und nun wäre ich froh, wenn du mir zeigst, wie man aus diesem Wald rauskommt. Es hat aufgehört.«

Wie seltsam, dachte Chris an diesem Abend, als er bereits im Bett lag. *Wie seltsam, was man an nur einem Tag so über die Liebe lernt.* Lara Lorner war eine Kommissarin, die sich fast jeden Tag in einen anderen verliebte. Opa dagegen liebte Oma schon seit Ewigkeiten. Er liebte sie so sehr, dass sie lieber auf ihn wütend sein sollte als auf sich – das hatte er Chris auf dem Nachhauseweg anvertraut. »Also lass sie ruhig mit mir schimpfen«, hatte er gesagt. »Wenn sie mit mir schimpft, geht es ihr besser.«

16. Kapitel

DER MANN AUF DER BANK

Der nächste Tag war der letzte Schultag vor den Herbstferien, und als Chris und Emma morgens gemeinsam zum Mexikoplatz liefen, redete Emma ununterbrochen über ihren »Fall«, wie sie es nannte.

»War das nicht ein genialer Trick, meine Mutter zu fragen? Wenn ich später mal Kommissarin bin, wird sie meine Beraterin. Jetzt wissen wir schon mal, dass der entführte Junge der Bruder vom Vampir ist! Und die Eltern sind geschieden.«

»Verstehe ich nicht«, sagte Chris. »Wieso wissen wir denn das?«

»Weil meine Mutter sich mit so was auskennt. Sie schreibt ja Bücher darüber.«

»Aber das ist doch alles nur in ihrem Kopf. Deswegen muss es in Wirklichkeit doch nicht genauso sein.«

Emma schwieg einen Moment, um nachzudenken.

»Quatsch«, sagte sie schließlich. »Was für eine Erklärung gibt es denn sonst?«

Chris zuckte mit den Schultern. »Keine Ahnung. Irgendeine.«

»Quatsch. Außerdem können wir ganz leicht rauskriegen, ob es stimmt.«

»Wie denn?«

»Ich frage ihn, ob er zufällig einen kleinen Bruder hat und seine Eltern geschieden sind.«

»Warum sollte er dir das denn sagen? Er kennt dich ja nicht mal.«

»Mist, ich brauche einen Polizeiausweis!«

Chris erzählte ihr, dass er inzwischen herausgefunden hatte, wo der Vampir wohnte. Er hatte es am Tag zuvor komplett vergessen.

»Dafür gibt es überhaupt keine Beweise!«, schimpfte Emma. Wenn es um ihren »Fall« ging, war sie offenbar sehr empfindlich.

»Doch, gibt es. Herr Mertens hat mir gesagt, wo Titus wohnt. Und unten steht der richtige Name an der Klingel.«

»Vielleicht hat er ja mehrere Wohnungen«, erwiderte sie trotzig.

Aus dem Plan, Titus einfach selbst zu fragen, ob er einen kleinen Bruder hatte, wurde vorerst nichts, weil er an diesem Tag nicht zum Unterricht erschien. Frau Vogler notierte es mit einem deutlich hörbaren Seufzer im Klassenbuch, und Emma regte sich in der großen Pause furchtbar auf, weil sie nun bis nach den Ferien warten musste, um den Vampir »zu verhören«, wie sie sagte. Nach der Schule wollte sie unbedingt das Haus sehen, in dem er angeblich wohnte, also fuhren sie zur Yorckstraße und Chris zeigte ihr die efeuberankte Nummer 51 und das Klingelschild mit dem Namen *Baumgart*.

Emma drückte auf den Klingelknopf.

»Bist du verrückt?«, rief Chris. »Was machst du denn?«

»Pscht, sei still!«

Aus der Gegensprechanlage kam ein Knirschen, dann ertönte eine Stimme.

»Titus?«, brüllte Emma.

»Ja?«

»Wohnst du hier?«

»Äh ... Wer ist denn da?«

»Hier spricht Lara Lorner von der Kripo! Hast du einen kleinen Bruder?«

»Hör sofort auf damit!«, flüsterte Chris und versuchte sie am Arm wegzuziehen, aber Emma riss sich los und stellte sich auf die Zehenspitzen, um noch dichter an die Sprechanlage heranzukommen.

»Wer lügt, wird verhaftet!«, rief sie.

»Ihr verdammten Idioten!«, ließ sich Titus' wütende Stimme vernehmen. »Na wartet, wenn ich euch erwische!« Es klickte in der Sprechanlage, dann war alles still.

Chris und Emma flüchteten in den Hauseingang der Nummer 52 und spähten von dort vorsichtig um die Ecke. Keine drei Minuten später erschien Titus unten an der Haustür. Er blickte sich nach allen Seiten um, dann schlug er den Kragen seines schwarzen Mantels hoch und marschierte, die Hände in den Taschen vergraben, die Straße hinunter.

»Los, komm!«, flüsterte Emma, packte Chris am Arm, und sie folgten Titus in einiger Entfernung. An jeder Mülltonne, jedem Mauervorsprung und jeder Ecke ging Emma in Deckung, und Chris, der die Herumschleicherei eigentlich eher peinlich fand, machte mit, um ihr den Spaß nicht zu verderben.

Titus lief am Trödelladen vorbei und betrat das Haus mit dem bunt bemalten Fenster. Diesmal waren hinter der Scheibe des *Knirpshafens* Kindergesichter zu sehen, die links vom Segelboot und zwischen den Wellen ihre kleinen Nasen an das Glas pressten und neugierig auf die Straße glotzten. Wenig später öffnete sich die Haustür wieder, und Titus schob den Buggy hinaus, in dem der kleine blonde Junge saß und schlief. An den Griffen des Kinderwagens baumelten mehrere Stofftaschen.

»Da! Er entführt ihn schon wieder!«, raunte Emma Chris ins Ohr.

»Meinst du nicht, dass er ihn einfach nur vom Kindergarten abholt?«

»Doch«, flüsterte sie. »Aber früher als normal. Der Kleine wohnt bei der Mutter, und Titus holt ihn zu früh ab, weil sein Vater ihn beauftragt hat, den kleinen Bruder zu entführen. Genau wie neulich. Da kam die arme Mutter nur ein paar Minuten zu spät und ist den beiden hinterhergerannt.«

»Darauf wäre ich nicht gekommen.«

»Ich schon!«, erwiderte Emma. »Kommissarinnen können so was.«

Der Vampir schob den Buggy eilig bis zur nächsten großen Straße, und blieb an der roten Ampel stehen. Auto an Auto schlängelte sich hupend, heulend und stinkend über den Asphalt. Auf der anderen Straßenseite türmten sich vor einem türkischen Supermarkt bunte Berge aus Obst und Gemüse. Kinder schrien, Fußgänger rempelten sich an und drängten an den Haltestellen in die Busse. Eine Oma schob mit ihrem Rollator bei Grün über die Fahrbahn und hatte die andere Straßenseite längst noch nicht erreicht, als die Ampel schon wieder umschaltete.

»Guck mal, ist das nicht dein Vater?«, rief Emma plötzlich.

Chris drehte den Kopf und sah an der rechten Ecke der Kreuzung tatsächlich seinen Vater mit einer eleganten Dame, die eine kleine Handtasche trug. Vielleicht eine Mandantin? Chris hatte sie auf jeden Fall noch nie gesehen. Im nächsten Moment schien sie das Gleichgewicht zu verlieren und Papa schlang blitzschnell seine Arme um sie. Für einige Sekunden – Chris erschien es wie eine Ewigkeit – verdeckte sein Hinterkopf ihr Gesicht, und ihre Hand, die die Tasche hielt, hob sich ein wenig und sank dann wieder nach unten.

»Küsst er sie etwa?«, keuchte Chris.

»Quatsch«, sagte Emma. »Sie ist gestolpert oder umgeknickt oder so. Und dein Vater hat sie aufgefangen.«

»Bist du dir auch sicher?«

Emma rollte mit den Augen, was bedeutete, dass sie die Frage völlig überflüssig fand.

Inzwischen hatte Papa die Dame wieder losgelassen und die beiden verschwanden lachend um die Ecke. Emma zog Chris am Ärmel und zeigte auf Titus, der die Straße überquert hatte und sich rasch immer weiter entfernte.

»Los komm, wir verlieren ihn!«

Sie rannten bei Rot hinüber und schafften es gerade noch rechtzeitig, ehe die wartenden Autos grünes Licht bekamen und anfuhren. »Seid ihr denn bescheuert?«, brüllte ihnen eine Frau hinterher.

Titus schob den Buggy an einem Hochhaus vorbei, bei dem von den Balkonen unzählige Satellitenschüsseln in den Himmel starrten, als wollten sie versuchen, mit Außerirdischen in Kontakt zu treten. Vor einer roten Backsteinkirche bog er schließlich rechts ab und marschierte an einem großen gepflasterten Platz vorbei, auf dem ein paar ältere Jungs mit ihren Inlinern und Skateboards Tricks ausprobierten.

Chris und Emma duckten sich hinter ein parkendes Auto und erspähten ein weißes Schild mit der Aufschrift *Theater am Winterfeldtplatz*. Das schöne Gebäude dahinter war leuchtend gelb und auf dem halbrunden Vorplatz des Theaters standen unter Bäumen ein paar Bänke.

Titus war stehen geblieben und blickte einen Mann an, der zusammengesunken auf einer der Bänke saß und teilnahmslos vor sich hin starrte. Chris sah sofort, dass er Hilfe brauchte, und wollte fast schon hinter dem Auto hervorspringen, aber da ließ Titus den Buggy stehen und lief eilig auf den Unbekannten zu.

»Wetten, dass er ihn beklaut?«, wisperte Emma.

»Wetten, dass er ihm helfen will?«, flüsterte Chris.

»Verdammt!«, rief Titus und tätschelte dem Mann, dem immer wieder die Augen zufielen, die Wange.

»Siehst du!«, flüsterte Chris.

Doch im nächsten Moment schien Titus etwas einzufallen und er ließ den Mann los und begann seine Jackentaschen zu durchwühlen.

»Siehst du!«, wisperte Emma.

Gerade als Titus dem Fremden tatsächlich die Brieftasche aus der Jacke zog, erwachte der Kleine im Babybuggy und rieb sich verschlafen die Augen.

»Haaallo!«, krähte er.

»Pscht, Benni!« Titus legte einen Finger an die Lippen. Er durchsuchte die Brieftasche, stieß einen leisen Fluch aus und steckte sie in die Jacke zurück.

Benni drehte den Kopf.

»Papa!«, rief er, kletterte aus dem Buggy und wackelte hinüber zu der Parkbank.

Chris und Emma blickten sich verdutzt an.

»Paaapa! Haaallo!« Er zog den Mann am Hosenbein, und Titus rüttelte ihn an der Schulter und brüllte ihm ins Ohr: »Papa! Was machst du denn hier draußen? Wach auf!« Keine Reaktion.

Der kleine Benni begann leise vor sich hin zu wimmern und Titus geriet plötzlich in Panik. »Papa!« rief er und blickte sich verzweifelt nach allen Seiten um. »Hilfe! Ist denn hier niemand?«

17. Kapitel

GEFLÜSTER IM DUNKELN

Chris spürte sofort, dass etwas nicht in Ordnung war, als er nach Hause kam. Seine Mutter saß schweigend am Esstisch vor dem aufgeklappten Laptop und hatte den Kopf in die Hände gestützt. Sein Vater lehnte am Geschirrschrank und wirkte irgendwie geistesabwesend.

»Aber es ist doch wunderschön dort«, sagte Mama. »Was spricht denn dagegen?«

»Alles, Tine. Komplett alles spricht dagegen.«

»Was ist denn los?«, fragte Chris.

Seine Mutter hatte an diesem Morgen im Vormittagsprogramm einen Film über die Bahamas gesehen, erzählte Papa. Und dabei habe sie festgestellt, dass dort das Wetter viel, viel besser und das Leben viel, viel angenehmer sei als in Zehlendorf. Und dann sei ihr die Idee gekommen, dass sie doch alle zusammen auf einer dieser paradiesischen Inseln in der Karibik leben könnten statt im langweiligen Berlin.

»Das Haus können wir ja verkaufen«, schlug Mama vor.

Papa gab zu bedenken, dass das Haus nicht ihnen, sondern Mamas Eltern gehöre. Und dass Oma nie im Leben von hier weggehen würde und es in der Karibik außerdem schwere Wirbelstürme gebe, die leider dazu neigten, Häuser einfach so davonzuwehen.

»Das ist doch alles völliger Unsinn«, sagte er. »Wovon würden wir da denn leben? Willst du auf den Bahamas auch den ganzen Tag auf dem Sofa liegen?«

»Du bist wirklich ungerecht«, erwiderte sie. »Auf den Bahamas würde es mir bestimmt besser gehen. Hier erinnert mich doch alles nur an früher.«

»Glaubst du, mich nicht?«, schnaufte Papa.

»Chris, wie findest du denn die Idee?«, fragte Mama und blickte ihn mit großen, hoffnungsvollen Augen an. »Wäre das Leben auf einer Insel nicht einfach wundervoll? Schau dir mal die Bilder an, es ist ein Paradies!« Sie deutete auf den Laptop.

Chris hatte nicht einmal gewusst, dass die Bahamas ein Ort waren, wo man wohnen konnte. Er hatte sie für halblange Sommerhosen mit Blumenmuster gehalten, die man im Urlaub am Strand trägt. Allerdings war ihm Mamas Wunsch, irgendwo anders auf der

Welt noch einmal ganz von vorne zu beginnen, durchaus vertraut, denn ihr Fernweh meldete sich ungefähr alle zwei bis drei Jahre. Einmal hatte sie nach Kanada gewollt, um in der Wildnis ohne Strom und Heizung ganz »natürlich« in einer Blockhütte zu leben. Ein anderes Mal nach Australien, weil dort im Sommer Weihnachten war und sie an Heiligabend in Deutschland meistens traurig wurde. Zum Glück hatten er und Papa ihr die Umzugspläne bislang immer wieder ausreden können.

»Im Moment passt es gerade schlecht mit einem Umzug«, sagte Chris. »Ein Schulfreund aus meiner Klasse und sein kleiner Bruder brauchen nämlich Hilfe. Ihr Vater musste vorhin mit dem Notarzt ins Krankenhaus. Und ihre Mutter ist gerade für längere Zeit verreist. Können sie heute bei uns übernachten?«

Papa und Mama starrten ihn entgeistert an.

»Und ... äh, wo sind die beiden jetzt?«, fragte Mama schließlich.

»Im Flur.«

»Bist du verrückt geworden?«, flüsterte sie. »Du weißt doch genau, dass ich Fremde ...«

»Es ging nicht anders.«

»Lass sie rein«, sagte Papa.

»Ihr könnt kommen!«, rief Chris nach hinten.

Die Wohnzimmertür, die nur angelehnt gewesen

war, schwang knarrend auf, und Titus und Benni marschierten herein. Benni umklammerte Titus' Hand und blickte sich neugierig im ganzen Zimmer um. Dann hob er den Kopf und beäugte die kleinen, dicken Engel und die Weintrauben an der weißen Stuckdecke. Als er geräuschvoll ausatmete, quoll aus seinem linken Nasenloch ein dicker Rotztropfen.

Mama starrte Benni an, und Chris sah, wie ihre Augen leicht zu glitzern begannen, aber glücklicherweise brach sie nicht in Tränen aus, sondern beugte sich auf ihrem Stuhl nach vorn und fragte: »Wie alt bist du denn?«

Er guckte sie an, streckte seinen rechten Arm aus und zeigte ihr stolz drei Finger.

»Wir müssen eure Mutter anrufen und Bescheid sagen, was passiert ist«, sagte Mama.

Titus schüttelte den Kopf. »Das geht nicht. Sie ist auf einer tropischen Insel und vor ein paar Tagen war da ein total schlimmer Sturm. Seitdem funktioniert das Telefon nicht mehr.«

Papa warf Mama einen vielsagenden Blick zu und Mama murmelte »Oh« und blickte ein wenig ratlos von Titus zu Benni und von Benni wieder zu Titus. »Tja ... Habt ihr Hunger?«

Die beiden nickten.

Nie zuvor hatte Chris einen Menschen in so kurzer

Zeit so viel essen sehen. Titus verdrückte fünf Scheiben Brot mit Wurst und Käse, dazu kaltes Huhn, zwei Buletten und ein Ei. Für Benni fand Mama im Kühlschrank noch eine Portion kalte Spaghetti mit Tomatensoße und wollte sie ihm warm machen, aber Titus versicherte ihr, dass sein kleiner Bruder kalte Nudeln am allerliebsten mochte, und Benni nickte sehr, sehr deutlich, damit auch jeder merkte, dass es stimmte.

Papa wollte ganz genau wissen, was passiert war, also berichtete Chris, wie er und Emma »zufällig« gerade vorbeigekommen waren, als Titus' und Bennis Vater wie weggetreten auf der Bank saß.

»Wir haben ihn einfach nicht wach gekriegt, obwohl er zum Glück normal geatmet hat. Deswegen habe ich 112 angerufen und dann kam ein Rettungswagen.«

Die Sanitäter hatten sich geweigert, Benni mitfahren zu lassen, weil er brüllte wie am Spieß und Titus' Hand nicht losließ.

»Sie haben gesagt, dass sie ihren Vater ins Auguste-Viktoria-Klinikum bringen, das wäre das nächste Krankenhaus. Und dass Titus und Benni dort in zwei Stunden vorbeikommen könnten, um nachzufragen, wie's ihm geht.«

»Gut. Dann fahren wir nachher zusammen hin«, sagte Papa.

»Und ich mache euch schon mal eure Betten. Ihr seht wirklich müde aus«, sagte Mama.

An diesem Abend überkam Chris ein fast feierliches Gefühl, weil zum ersten Mal jemand bei ihm übernachtete. Er hatte es sich schon seit Jahren gewünscht und in der ersten oder zweiten Klasse einmal André und Leo zu sich eingeladen, die eigentlich über Nacht bleiben sollten, so jedenfalls war es mit ihren Eltern verabredet gewesen. Doch Mama hatte die beiden dann abends wieder nach Hause geschickt, weil sie Kopfschmerzen bekam, und Andrés und Leos Eltern waren darüber so verärgert gewesen, dass sie seitdem keine Besuche mehr bei Chris erlaubten, außer zum Geburtstag. Und nun lagen Titus und Benni auf einer Matratze neben seinem Bett, und Titus klopfte zum fünften Mal sein Kissen zurecht, bis es endlich die Form hatte, die es haben sollte.

Benni hatte von Mama eine kleine Kinderdecke bekommen und war sofort eingeschlafen. Ab und zu schniefte er im Schlaf, das eine Nasenloch schien immer noch verstopft zu sein.

Der Besuch im Krankenhaus war sehr kurz gewesen, denn Titus' Vater hatte tief und fest geschlafen. Der Arzt hatte ihnen erklärt, dass er zur Beobachtung dableiben müsse, weil er offenbar zu viele

Medikamente eingenommen habe, von denen die Ärzte im Krankenhaus übrigens dringend die Packungen bräuchten. Überraschenderweise wusste Titus die Namen sämtlicher Tabletten, die sein Vater nahm, auswendig und leierte sie herunter wie ein viel zu langes Gedicht. Der Arzt hatte beeindruckt alles aufgeschrieben.

»Was sind denn das für Tabletten, die dein Vater nehmen muss?«, fragte Chris leise in die Dunkelheit, nachdem sie das Licht ausgemacht hatten.

»Beruhigungspillen. Er macht sich Sorgen«, flüsterte Titus' Stimme. »Um meine Mutter.«

»Wegen des Sturms?«

»Nein ... Das war gelogen.«

»Was?«

Vor zwei Monaten, erzählte Titus, war bei seiner Mutter eine Krankheit festgestellt worden, wegen der sie seitdem im Urban-Krankenhaus lag. In der ersten Zeit war sein Vater noch ganz gut damit zurechtgekommen. Dann aber hatte er irgendwann angefangen, Tabletten zu nehmen, und es immer seltener geschafft, zur Arbeit zu gehen. »Und jetzt, wo er krankgeschrieben ist, liegt er nur noch auf dem Sofa rum und starrt zur Decke. Oder er schläft.«

»Das kenne ich«, sagte Chris.

»Echt? Woher?«

»Von meiner Mutter. Die macht dauernd die Fensterläden dicht und liegt im Dunkeln auf der Couch.«

»Früher hat er Mama fast jeden Tag im Krankenhaus besucht«, fuhr Titus fort. »Aber die letzten Male hat er sogar die Besuchszeit verpennt, da sind Benni und ich alleine hingefahren.«

Weil sein Vater sich um nichts mehr kümmern konnte, hatte Titus Benni vor der Schule in die Kita gebracht und nach der Schule wieder abgeholt. Er hatte die Wäsche gewaschen, das Essen gekocht, Benni vorgelesen, ihn abends ins Bett gebracht und morgens geweckt. Sogar Windeln wechseln konnte er inzwischen. Chris hatte gestaunt, als Titus vor dem Schlafengehen für Benni eine frische Windel holte, die in seiner Manteltasche steckte. Er hatte immer zwei dabei, weil sein kleiner Bruder ab und zu noch welche brauchte, meist jedoch nur nachts.

»Und dann ging auch noch unsere Waschmaschine kaputt. Sie ist dauernd ausgelaufen, und Papa meinte, er würde sich drum kümmern, hat er aber nicht. Also habe ich die ganze verdammte Wäsche in eine große Tasche gestopft und bin damit zum Waschsalon gegangen.«

»Hattest du die Tasche in der Schule manchmal mit?«, fragte Chris.

»Ja«, sagte Titus. »Weil der Salon auf dem Weg

liegt und ich dann nicht noch mal extra nach Hause fahren musste.«

»Und warum haben dir deine Großeltern nicht geholfen?«

»Was denn für Großeltern? Ich hab keine.«

Chris konnte sich überhaupt nicht vorstellen, wie es möglich war, ohne Großeltern zu leben.

»Niemand weiß, was bei euch los ist?«

»Doch. Die Kobinski vom Jugendamt. Aber die will uns Benni wegnehmen. Sie meint, er müsste in eine Pflegefamilie, bis es Mama wieder besser geht. Aber Benni lässt meine Hand nie los und heult sofort, wenn ich nur eine Sekunde lang weg bin.«

Seine Stimme war immer leiser geworden, und Chris hatte das Gefühl, dass Titus kurz davor war einzuschlafen. Eine Weile lauschte er auf die gleichmäßigen Atemgeräusche, zuweilen unterbrochen durch ein Schniefen, wenn Benni kurz die Nase hochzog.

»Titus?«

»Hm?«

»Warum bist du von deiner alten Schule weggegangen?«

»Du nervst!«

»Entschuldigung.«

»Ich wollte nicht mehr hingehen.«

»*Gar* nicht mehr?«

»Nie mehr. Ich habe mich geweigert.«

Seit sein Vater kaum noch etwas tat, war Titus in der Schule nur noch müde gewesen. Er war immer blasser geworden, hatte seine Hausaufgaben nicht mehr gemacht und fast mit niemandem geredet. Anfangs hatten seine Mitschüler ihn nur geärgert, aber mit der Zeit war es immer schlimmer geworden. »Bei euch hab ich in den Pausen wenigstens meine Ruhe«, sagte er. »Die von meiner alten Schule haben mich auf dem Nachhauseweg überfallen, meine Schultasche weggeworfen, meine Sportsachen geklaut und mir in den Magen geboxt. Bloß, weil ich nichts erzählen wollte. Ich hab einfach nichts gesagt. Nichts von meiner Mutter, nichts von meinem Vater, nichts von Benni. Gar nichts. Den Schülern nicht. Den Lehrern auch nicht. Und Papa hat auch keinem was gesagt und ging überhaupt nicht mehr ans Telefon. Bis eines Tages die Kobinski bei uns vor der Tür stand.«

Die Frau vom Jugendamt hatte vorgeschlagen, dass Titus es auf einer anderen Schule versuchen könnte, und die von Chris empfohlen, weil sie Rektor Mertens persönlich kannte.

»Sie hat ihn damals angerufen.Und er hat sofort gesagt, dass ich kommen kann. Der ist echt nett und stellt keine nervigen Fragen.«

»So wie ich«, sagte Chris.

»Genau. Übrigens raucht er heimlich aus dem Fenster! Wusstest du das?«

»Alle wissen das.«

Sie mussten so laut lachen, dass Benni im Schlaf leise aufstöhnte.

»Ich bin so froh, dass wir hier übernachten können«, flüsterte Titus. »Gestern hab ich die ganze Wohnung nach Geld abgesucht, um einkaufen zu gehen. Jede Schublade, jede Dose, jede Schachtel. Aber da war nichts mehr.«

18. Kapitel

DIE FRAU MIT DER ROTEN BRILLE

Chris, Titus und Benni schauten sich am nächsten Morgen unten im Erdgeschoss bei Oma und Opa den Wintergarten an. Benni war ganz aus dem Häuschen, als er die Palmen und Kakteen entdeckte, weil bei ihnen zu Hause im Kinderzimmer ein Plakat mit einem großen Kaktus hing, auf dessen Spitze ein kleiner, bunter Vogel saß, erklärte Titus.

»Kattus!«, rief Benni begeistert, und Oma, die den dreien alles zeigte und erklärte, sagte: »Ja, aber der hat spitze Stacheln. Das pikst. Aua.«

»Pikst«, wiederholte Benni und berührte mit seiner Hand vorsichtig den kleinsten Kaktus mit den kleinsten Stacheln. »Aua.« Er grinste sie an.

Oma lachte und wuschelte Benni durch die frisch geföhnten langen Locken. Mama hatte ihn und Titus vor dem Frühstück unter die Dusche geschickt und alle ihre Kleider in die Waschmaschine gestopft, weil sie ein klitzekleines bisschen muffelten, wie sie sagte. Deswegen trug Titus nun Sachen von Chris, und für Benni hatte Mama im alten Kleiderschrank des *Zimmers* eine kleine Latzhose, ein kleines T-Shirt und sogar passende Socken und Unterwäsche gefunden, die früher Christoph und Christian gehört hatten.

Draußen im Vorgarten war Opa gerade am Laubrechen, und als Benni an die Scheibe klopfte, hielt er kurz inne und winkte.

»Verdammt!«, rief Titus plötzlich. Er packte Chris am Arm und zeigte auf die Straße. »Dahinten kommt die Kobinski! Was macht die denn hier?«

Chris schaute durchs Fenster und entdeckte in einiger Entfernung die junge Frau mit der roten Brille, die Titus und Benni hinterhergerannt war. Sie trug einen langen dunklen Mantel, hatte die Haare hochsteckt und an ihrer rechten Schulter baumelte eine große karierte Umhängetasche aus bunten Stoffquadraten. Mit eiligen Schritten kam sie die Kastanienallee entlang und blickte sich dabei suchend um.

»Benni, komm!«, rief Titus. »Schnell, verstecken! Halt sie auf, Chris!« Er klemmte sich seinen kleinen Bruder unter den Arm und rannte los, durch das Großeltern-Wohnzimmer in die Diele und dann die Treppe hinauf.

»Was hat er denn?«, wunderte sich Oma. Chris sagte nichts, sondern griff nach seiner Jacke und lief hinaus. Als er die Gartenpforte hinter sich schloss, sah er, dass die Frau mit der roten Brille vor dem Nachbarhaus stand und ein Foto aus ihrer Umhängetasche zog, das sie Emma zeigte.

»Ja, genau der!«, rief Emma. »Ach, Sie tun mir ja sooo leid! Es muss schrecklich sein, wenn der kleine Sohn entführt wird. Aber Titus kümmert sich echt toll um ihn! Total toll.«

»Emma!«, rief Chris und warf ihr einen warnenden Blick zu. Aber Emma beachtete ihn überhaupt nicht.

»Machen Sie sich keine Sorgen, es wird alles wieder gut. Ihr geschiedener Mann will Ihnen Benni ganz bestimmt nicht wegnehmen. Außerdem kann er es auch gar nicht, weil er ja jetzt im Krankenhaus liegt.«

Die junge Frau runzelte die Stirn. »Mein Mann? Im Krankenhaus?«

»Ja, wir haben ihn gestern gefunden und den Notarzt angerufen und dann ...«

»Du musst mich verwechseln«, sagte die Frau und lächelte. »Ich bin nicht geschieden. Und mein Mann liegt auch nicht im Krankenhaus. Er hat nur einen Schnupfen.«

Emma guckte ganz verdutzt. »Sind sie denn nicht die Mutter von Titus und Benni?«

»Nein. Ich bin Frau Kobinski. Vom Jugendamt.«

»Oh.« Emma verzog nachdenklich ihre Lippen. »Aber wieso sind Sie denn dann neulich hinter den beiden hergerannt? Das haben wir nämlich zufällig gesehen.«

»Emmaaa!«, stöhnte Chris.

»Weil ich die beiden unbedingt finden muss.«

»Warum?«

Frau Kobinski lachte. »Du solltest später Kommissarin werden«, sagte sie. »Aber jetzt habe ich auch mal eine Frage: Weißt du zufällig auch, wo Titus und Benni gerade sind?«

»Ja, klar, bei Chris«, antwortete Emma wie aus der Pistole geschossen, ehe Chris ihr zublinzeln konnte.

Frau Kobinski drehte sich zu ihm um.

»Die sind schon weg«, log er. »Sie mussten dringend nach Hause.«

Leider machte die Kobinski nicht den Eindruck, als würde sie ihm glauben. »Aha«, sagte sie. »Dann möchte ich gerne kurz mit deinen Eltern reden.«

»Mein Vater ist arbeiten.«

»Kein Problem, deine Mutter kann mir sicher weiterhelfen.«

Erstaunlicherweise war Mama an diesem Tag sehr gastfreundlich. Sie goss Frau Kobinski eine Tasse Kaffee ein, dachte daran, einen Löffel auf die Untertasse zu legen, und stellte die Zuckerdose, das Milchkännchen und sogar ein Schälchen mit Keksen dazu.

»Vielen Dank, sehr nett von Ihnen. Ich würde gern mit Titus Baumgart sprechen. Es ist wirklich sehr wichtig.«

»Tiiiiiiiiiiiiiitus!«, rief Mama.

Die Frau vom Jugendamt warf Chris einen erstaunten Blick zu, der reichlich übertrieben wirkte, als ob sie sagen wollte: »Sieh mal einer an, sind die beiden also doch noch nicht nach Hause gegangen?« Zwei Minuten später saß Titus bei ihnen am Esstisch und starrte wütend auf die weißen Spitzendeckchen.

Frau Kobinski hatte bereits seit einer Woche vergeblich versucht, Titus' und Bennis Vater zu erreichen, erzählte sie, er sei einfach nicht ans Telefon gegangen und bei ihnen zu Hause habe niemand die Tür geöffnet. Deswegen hatte sie bei Rektor Mertens angerufen. »Er sagte, dass es dir in der neuen Schule auch nicht so gut geht, wie wir gehofft haben«, sagte Frau Kobinski und guckte Titus an. »Stimmt das? Wie läuft es denn?«

»Herr Mertens hat doch keine Ahnung«, zischte Titus. »Es geht mir gut.«

»Er meinte, dass Christoph vielleicht wüsste, wo du bist. Deswegen bin ich heute hier. Wie es im Moment ist, kann es nicht weitergehen mit euch. Das weißt du doch selbst.« Titus schwieg. »Ich muss euch leider mitnehmen, dich und Benni.«

»Aber das geht doch nicht!«, rief Mama.

Titus blickte durch das Fenster in den Garten hinaus, als gäbe es dort etwas ausgesprochen Interessantes zu entdecken. Chris spürte, dass er in Wirklichkeit den Kopf wegdrehte, damit niemand merkte, wie verzweifelt er war. Er weinte ohne Tränen, nur seine Schultern zitterten ein bisschen, wie zwei Berggipfel, die ein schwaches Erdbeben erschütterte.

»Was ist denn eigentlich das Problem?«, wollte Mama wissen, doch Frau Kobinski erklärte, dass sie dazu leider keine Auskunft geben dürfe.

Nach einer Weile sagte Titus leise: »Meine Mutter liegt schon seit Wochen im Krankenhaus. Irgendwas mit ihrem Blut stimmt nicht, und dieser blöde Arzt hat keine Ahnung, ob sie wieder gesund wird. Wir warten schon so lange darauf, dass sie endlich zurückkommt. Benni fragt mich jeden Tag. Aber es geht ihr immer schlechter.«

Chris war starr vor Schreck. All seine Vermutungen, was Titus möglicherweise plagte, all die Theorien, die er und Emma aufgestellt hatten, all seine Überlegungen, wie er ihm bloß helfen sollte – all das war vergebens gewesen, weil er ihm in Wirklichkeit gar nicht helfen *konnte*! Wie sollte man jemanden in so einem Fall denn retten? Ihm fiel nichts ein. Titus' und Bennis Mutter musste gesund werden. Unbedingt. Und ihr Vater natürlich auch.

»Es tut mir leid, Titus«, sagte Frau Kobinski. »Aber solange es deinen Eltern nicht besser geht, brauchen wir für dich und Benni eine Pflegefamilie.«

Einen Moment lang herrschte betretenes Schweigen. Dann sagte Mama: »Das muss doch wirklich nicht sein. Die beiden können hierbleiben. Wir haben Platz genug.«

»Ja!«, rief Chris. »Wir haben ein Zimmer, in dem keiner wohnt. Da könnt ihr einziehen.«

»Echt?«, fragte Titus.

Mama, die kurz zusammengezuckt war, stand hastig auf, um sich eine Kaffeetasse aus dem Geschirrschrank zu nehmen.

»Ja ...« Sie stellte die Tasse auf den Tisch.

»Ja ...« Sie griff nach der Kanne, um sich Kaffee einzugießen.

»Ja ...« Sie nahm einen großen Schluck. »Genau das war auch meine Idee.«

Chris und Titus jubelten.

»Schön«, sagte Frau Kobinksi. »Aber sprechen Sie doch bitte noch mal in Ruhe mit Ihrem Mann darüber. Und wenn es dabei bleibt, kommen Sie morgen in mein Büro, damit wir alles regeln können.« Sie kramte in ihrer Tasche und reichte Mama eine Visitenkarte. Dann notierte sie sich das Krankenhaus, in dem Herr Baumgart lag. »Und wo ist Benni, wenn man fragen darf?«

»Im Schrank«, sagte Titus.

»Im Schrank?«, rief Mama. »Seid ihr verrückt geworden? In welchem Schrank?«

»Dann holt ihn bitte raus«, sagte Frau Kobinski und klang dabei so unbeeindruckt, als würde sie solche Dinge jeden Tag erleben. »Ich möchte ihn wenigstens einmal kurz sehen.«

Titus führte die anderen ins Schlafzimmer von Mama und Papa, wo ein riesiger Kleiderschrank mit verspiegelten Schiebetüren stand. Die Türen waren so schwer und massiv, dass ein dreijähriges Kind sie unmöglich öffnen konnte, weder von innen noch von außen.

»O Gott, er sitzt da drin im Dunkeln!«, rief Mama. »Benni! Benni?«

Aus dem Schrank war nichts zu hören.

Mama packte die Griffleiste der Schiebetür mit beiden Händen und zog mit aller Kraft.

Benni kauerte unten am Boden zwischen Schuhkartons und dem Altkleidersack und hob den Kopf. »Hau ab, blöde Kuh!«, brüllte er, als er Frau Kobinski erkannte. »Ich will nicht!«

19. Kapitel

DAS UNGEHEUER IM AQUARIUM

Papa kam erstaunlich früh von der Arbeit und traute seinen Augen kaum, als er seinen Kopf durch den Türspalt des *Zimmers* steckte, um nachzusehen, was das laute Poltern zu bedeuten hatte. Titus, Chris, Emma, Mama und Benni waren dabei, ein paar der alten Sachen in Kartons zu verpacken, um sie auf den Speicher zu bringen.

»Irre ich mich, oder sind das mehr Kinder, als wir früher hatten?«, fragte Papa.

Mama lachte.

»Ich bin ja nur zu Besuch und gehe nachher wieder«, stellte Emma klar.

»Aber Titus und Benni wohnen jetzt hier«, informierte Chris seinen Vater.

»Aha?«

»Sie können gerade nicht zurück nach Hause, weil

ihre Eltern beide für längere Zeit im Krankenhaus sind.«

Papa wurde blass und setzte sich.

Mama hatte gleich nach Frau Kobinskis Besuch im Auguste-Viktoria-Klinikum angerufen und erfahren, dass Titus' und Bennis Vater erst einmal eine Weile dableiben musste, weil er sich vor lauter Traurigkeit wie gelähmt fühle. Fürs Erste sei es besser, ihn nicht zu besuchen, hatten die Ärzte gemeint.

»Nicht das Spielzeug einpacken, Titus!«, rief Benni gerade, der das große Aufräumen und Sortieren beaufsichtigte. »Nicht das Spielzeug!«

»Gut«, sagte Papa. »Dann streichen wir aber auch gleich die Wände, wenn wir schon dabei sind. Darauf warte ich schon seit Jahren. Ich fahre nachher in den Baumarkt und hole ein paar Eimer Farbe.«

Mama seufzte und nickte.

»Rot«, sagte Benni.

»Oh. Nicht lieber weiß?«

»Rot«, sagte Benni. »Rot, rot, rot, rot!«

»Schon gut, schon gut, ich hab's verstanden.«

Niemals hätte Chris es für möglich gehalten, dass sich das Leben einer Familie so rasch ändern konnte wie in den darauffolgenden Tagen bei ihnen. Fast erschien es ihm, als wäre in dem *Zimmer* mit den frisch gestrichenen blutroten Wänden ein Komet aus reiner Lebensenergie eingeschlagen, die sich wellenförmig in alle Richtungen ausbreitete und nach und nach die anderen Zimmer, sämtliche Stockwerke und schließlich auch den Garten erfasste. Eine Energie, die alles, was früher stumm und wie erstarrt gewesen war, mit neuem Leben erfüllte. Rufe schallten durch das Haus, Musik wummerte, es wurde gehämmert, gesägt und geschraubt. An nur einem Nachmittag baute Opa in seinem Drecksschuppen aus seinen Holzvorräten ein Kinderbett fürs rote Zimmer. Die Kreissäge kreischte beim Zuschneiden der Balken, und Benni, der in sicherer Entfernung auf Titus' Schoß saß und zugucken durfte, kreischte begeistert mit und rief: »Das wird für mich!«

Emma hatte mit Papa und Titus die Malerarbeiten übernommen und danach verkündet, sie wolle lieber doch nicht Kommissarin werden, sondern Malermeisterin.

Mama und Chris fuhren zu Ikea, um neue Teppiche und Regale zu holen. Kurz vor der Kasse entdeckte Chris für Benni in der Deko-Abteilung tatsächlich ein Poster mit einem Kaktus, auf dem ein Geier saß – also nahmen sie es mit und klebten es über dem neuen Bett an die Wand. Weil es aber nicht genau dasselbe Poster wie bei ihm zu Hause war, beschwerte Benni sich jeden Abend vor dem Schlafengehen, der Vogel sei zu dick.

Oma bestimmte, dass Titus unbedingt tagtäglich an die frische Luft müsse, weil er viel zu bleich sei. Deswegen unternahm sie mit ihm und Rocco lange Märsche durch den Wald und um den Schlachtensee herum, was wirklich eine gesündere Farbe in sein Gesicht zauberte. Schon nach der ersten Woche war von seiner vornehmen Vampirblässe so gut wie nichts mehr übrig.

Emma nahm Titus und Benni mit zu sich nach Hause und zeigte ihnen ihre Guppys, wobei sich herausstellte, dass Benni Fische liebte und ihnen erstaunlich lange beim Schwimmen zuschauen konnte – irgendetwas an der geschmeidigen, schlängeligen Art ihrer Bewegungen schien ihn zu faszinieren. Deswegen gingen sie am ersten Wochenende der Herbstferien alle zusammen ins Aquarium des Berliner Zoos.

»Guppys!«, rief Benni gleich beim ersten Becken, in dem Haie und kleine Rochen schwammen.

Chris fühlte sich in den dunklen, schummerigen Gängen mit den hell erleuchteten Aquarien fast wie unter Wasser. Direkt vor seinen Augen wehten die Tentakel roter und gelber Seeanemonen in der Strömung hin und her. Kleine Seepferdchen, die aussahen, als bestünden sie aus hauchdünnem, buntem Glas, hingen mit ihren Schwänzen an Wasserpflanzen festgehakt und schaukelten dabei auf und ab. Aus einem Felsspalt ragte der braune Kopf einer finster dreinblickenden Muräne hervor.

Im nächsten Becken, das wirklich riesig war, zogen die bekanntesten Speisefische ihre Bahnen. Ein kleiner, silbern schimmernder Sardinenschwarm pulsierte wie ein schlagendes Herz und änderte dann urplötzlich seine Richtung. Schwarzgestreifte Makrelen schossen pfeilschnell durch das Wasser und ein großer, fetter Rotbarsch glotzte mit seinen Glubschaugen vor sich hin.

Chris stutzte und kniff die Augen zusammen. Aus dem dunklen hinteren Teil des Beckens näherte sich ein seltsames Riesenwesen mit schwarzer Haut und schwarzen Flossen ... Im selben Moment spürte Chris, wie sich eine kleine Hand in seine Hand hineinstahl.

»Was ist das da?«, fragte Benni, der das Ungeheuer ebenfalls erspäht hatte. Im nächsten Moment wurde es von dem Lichtstrahl eines Unterwasserscheinwerfers erfasst und schwamm, nun gut sichtbar, direkt auf die Scheibe zu, vor der sie standen.

»Fischmann!«, rief Benni verblüfft, guckte zu Chris hoch und zeigte ins Becken.

»Ein Taucher. Wink doch mal.«

Als Benni winkte, kam der Taucher ganz dicht ans

Glas heran und winkte zurück. Benni quiekte vor Begeisterung. »Was macht der?«

»Ich weiß nicht«, sagte Chris. »Wir können ja mal gucken, was er macht.«

In der linken Hand hielt der Taucher eine Saugglocke, mit der er sich von innen an der Scheibe festsaugte, in der rechten einen großen Schwamm, mit dem er die Scheibe zu putzen begann.

»Er macht sauber.«

Chris blickte in das geheimnisvolle, trübe Blau und dachte daran, wie er bei seinem Tauchgang im Schwimmbad fast schwerelos durchs Wasser geglitten war. An die wunderbare Stille, die ihn umgeben hatte. An das Funkeln des Lichts hoch über ihm. Wenn schon dies so schön gewesen war, wie fantastisch musste es dann erst sein, sich durch eine Unterwasserwelt zu bewegen, in der alles lebte, zwischen all den Fischen!

Er zog Benni dichter an die Scheibe heran. Der große Rotbarsch war langsam immer näher gekommen und glotzte den Taucher neugierig an. Der Mann strich ihm mit dem Zeigefinger vorsichtig über den Rücken, und als er merkte, dass Chris ihn beobachtete, presste er seine Taucherbrille an das Glas und zwinkerte ihm zu. Dann machte er sich wieder an die Arbeit.

Aus der Dunkelheit hinter ihnen trat plötzlich Mama hervor und lachte, als sie den Unterwasser-Fensterputzer sah. »Emma und die anderen sind schon beim Zitteraal«, erzählte sie. »Deswegen wollte ich mal schauen, wo ihr bleibt …«

»Ich will tauchen lernen«, sagte Chris.

Mama antwortete nicht, und der Taucher löste seine Saugglocke, um sich eine Armlänge weiter wieder festzusaugen.

»Ich will tauchen lernen«, wiederholte Chris.

»Ich hab's gehört.«

Schweigend schauten sie zu, wie der Taucher sich Stück für Stück an der Glasscheibe entlangarbeitete und dabei nur ganz bestimmte Stellen polierte – vielleicht ja die früheren Sitzplätze schleimiger Unterwasserschnecken. Dann winkte er ihnen noch einmal zu und schwamm gemächlich davon.

20. Kapitel

HINTER GLAS

Mama hatte sich fest vorgenommen, Titus und Benni bei ihren Krankenhausbesuchen zu begleiten, doch als der Besuchstermin bei Titus' Mutter näher rückte, wurde ihr klar, dass sie beim Anblick einer schwerkranken Mutter von zwei Kindern wahrscheinlich so viel weinen würde, dass sie für Titus und Benni keine große Hilfe wäre. Und da in der Familie Gerner Oma diejenige war, die immer einen klaren Kopf und ein kühles Herz behielt und einfach tat, was gerade nötig war, sagte sie: »Dann mache ich das eben«, und fuhr am nächsten Tag mit Titus, Chris und Benni ins Urban-Krankenhaus.

Auf der Station kam eine Krankenschwester auf sie zu, die Titus und Benni begrüßte. »Wir haben eure Mutter in ein anderes Zimmer verlegt«, erklärte sie. »Und ihr dürft leider erst mal nicht zu ihr hinein.«

»Aber wir sind doch extra hergekommen«, erwiderte Oma.

»Sie sind die Großmutter?«, fragte die Krankenschwester und bedachte Oma mit einem strengen Blick. »Sie hätten sich ja ruhig mal früher blicken lassen können, bisher waren die Kinder immer ganz alleine hier.«

»Tja, man tut eben, was einem möglich ist«, erklärte Oma. »Ich bin ...«

»Ihr könnt eure Mama aber durch die Scheibe sehen, wie im Aquarium«, fuhr die Krankenschwester fort. »Letzte Tür hinten links. Ich sag dem Arzt Bescheid, dass ihr da seid.« Und weg war sie.

Hinter der Glasscheibe des letzten Zimmers hinten links lag eine Frau, die mit dünnen Schläuchen an unzählige Geräte angeschlossen war, kleine grüne Kästen, die übereinandergestapelt und an einem Metallständer befestigt neben ihrem Bett standen. Einer der Schläuche endete an ihrem Hals, ein anderer an der Oberseite ihrer Hand, die auf der Bettdeckte lag. Die Frau schlief. Chris fiel sofort die Kinderzeichnung ein, die Titus wütend zerknüllt und weggeworfen hatte: ein Mensch, bei dem von der Hand ein dicker Strich zum Bildrand führte.

Oma nahm Benni auf den Arm, damit er etwas sah.

»Mamas Haare weg!«, rief er.

Die Figur auf dem Bild hatte knallgelbe Locken gehabt. Die Schlafende dagegen war kahl.

Nach einer Weile sagte Oma: »Weißt du, was ich dahinten bei den Aufzügen gesehen habe, Benni?«

»Was denn?«

»Einen Automaten, wo Süßigkeiten drin sind. Wenn man Geld reinwirft, dann kommt was raus. Wollen wir uns den mal ansehen?«

Benni nickte, und Oma trug ihn den Flur hinunter bis zur Tür und setzte ihn dort ab, damit er auf den Knopf des Türöffners für Rollstuhlfahrer drücken konnte. Titus starrte wie versteinert durch die Scheibe. Chris überlegte fieberhaft, ob er in *Erste Hilfe für Helfer* irgendetwas darüber gelesen hatte, was man als Retter am besten tut, um jemanden zu trösten, doch ihm fiel nichts ein. Er wollte irgendetwas sagen. Aber was? Er wollte irgendwie helfen. Aber wie? Schließlich entschied er sich dafür, Titus vorsichtig einen Arm um die Schulter zu legen und sich dabei zu bemühen, ihn nicht zu stark nach unten hängen zu lassen, damit er nicht zu schwer wurde. Es war nicht ganz einfach, fand Chris, weil die Erdanziehungskraft die ganze Zeit an seinem Ellbogen zerrte, aber vielleicht half es ja.

»Titus!« Ein freundlich blickender älterer Herr im weißen Kittel schritt den Korridor entlang auf sie zu.

»Können wir uns kurz unterhalten?« Titus nickte. »Und wer ist der andere Junge?«

»Ein Freund von mir.«

»Dann muss ich dich bitten, draußen kurz zu warten«, sagte der Arzt zu Chris. »Es dauert nicht lange.«

Es dauerte sehr lange, fand Chris, und als sich die Automatiktür der Station endlich surrend öffnete und Titus herauskam, war Benni längst mit einem schmierigen, halb geschmolzenen Schokoriegel in der Hand auf Omas Schoß eingeschlafen.

Titus setzte sich zu ihnen auf die Bank neben dem Süßigkeitenautomaten und strich seinem kleinen Bruder übers Haar. »Der Arzt hat gesagt, dass sie inzwischen einen Spender gefunden haben, der Mama vielleicht wieder gesund macht. Mit irgendwelchen Stammzellen, durch die ihr Blut wieder normal wird. Die haben sie ihr gegeben. Im Moment ist sie noch schwach und kann sich leicht mit Krankheiten anstecken, deswegen darf gerade kein Besuch zu ihr rein, besonders Benni nicht. Aber ob diese Zellen ihr wirklich helfen, weiß man noch nicht. Das kann noch Wochen dauern.« Er ließ den Kopf hängen und wirkte nicht gerade hoffnungsvoll.

»Aber das ist doch fantastisch!«, freute sich Oma.

»Meinst du?«, fragte Chris.

»Auf jeden Fall. Einen passenden Stammzellen-

Spender zu finden, ist ein Riesenglück. Eine Bekannte von Opa hatte auch Leukämie. Und durch die neuen Zellen ist sie wieder ganz gesund geworden. Aber das kann dauern. Wir müssen Geduld haben. Glaub mir, Titus, das ist wirklich eine gute Nachricht. Im Moment sogar die beste, die wir kriegen können.«

21. Kapitel

EIN VERSPÄTETES GESCHENK

Gleich am ersten Tag nach den Herbstferien rief Rektor Mertens Chris nach dem Unterricht in sein Büro, das diesmal nach frischer Sommerbrise duftete – so jedenfalls lautete die Aufschrift der neuen Spraydose auf der Fensterbank.

»Du möchtest also am Schwimmunterricht teilnehmen und Fußball spielen?«, sagte er, als hätten sie eben erst darüber gesprochen.

»Ja, schon«, sagte Chris. »Aber mit dem Attest …«

»Das brauchen wir ja nun nicht mehr.«

Chris blickte ihn verständnislos an. »Nein?«

»Hat deine Mutter es dir etwa nicht gesagt?«

»Was denn?«

Herr Mertens rollte mit den Augen, steckte sich ein Nikotinkaugummi in den Mund und erklärte Chris, dass seine Mutter ihn vor zwei Tagen angerufen habe.

»Wegen des ersten Attests, in dem ... na, du weißt schon, diese Geschichte mit deiner Krankheit stand.« Chris zuckte ratlos mit den Schultern. »Sie hat mir gesagt, äh, dass das Attest ... sagen wir mal ... ein kleines bisschen falsch war.«

»Was?« Chris sprang von seinem Stuhl auf. »Das hat sie Ihnen echt gesagt?«

Herr Mertens blickte ihn mit strenger Miene an. »War es etwa doch nicht falsch?«

»Doch, war es«, beteuerte Chris.

»Dann setz dich wieder. Ein gefälschtes Attest ist natürlich sehr, sehr schlimm. Andererseits weiß ich ja, aus welchem Grund deine Mutter auf diese etwas seltsame Idee kam. Also vergessen wir das alberne Attest am besten und tragen dich jetzt endlich in die Schwimmliste ein. In welche Gruppe möchtest du?«

»In dieselbe wie Titus.«

»Der hat sich nicht angemeldet.«

»Aber er will auch schwimmen, hat er mir gesagt.«

»Gut, dann trag ich euch zusammen ein.«

Als Chris schon an der Tür war, hob Rektor Mertens noch einmal kurz den Kopf und rief: »Übrigens, danke!«

»Wofür denn?«

»Für deine Hilfe. Wie ich höre, geht es Titus sehr viel besser, seit er bei euch wohnt.«

»Woher hören Sie das?«

»Von der Kobinski! Und jetzt raus mit dir.«

Nach der Schule fuhr Titus mit Papa ins Krankenhaus, um endlich seinen Vater wiederzusehen. Das Gute war, dass Benni seinem großen Bruder nicht mehr auf Schritt und Tritt folgte und die anderen inzwischen so gut kannte, dass er keine Angst mehr hatte. Er bastelte mit Opa kleine Holzschiffe, er rührte mit Oma Kuchenteig und spielte mit Rocco Fangen. Er spielte mit Chris Lego und mit Mama Stofftierzoo. Aber am liebsten mochte er Emma. Mindestens alle zwei Tage musste sie ihm ihre Guppys zeigen, und neuerdings hatten die beiden eine Zirkusschule gegründet, in der Emma die Lehrerin war, die ihrem Schüler Benni alles beibrachte, was man als junger Akrobat können musste: Purzelbäume schlagen, Beine schwingen und Grimassen schneiden für die Auftritte als Clown. »Vielleicht werde ich doch nicht Malermeisterin, sondern Pferdeakrobatin«, erklärte sie allen. »Deswegen brauche ich auch bald ein Pferd.«

Als Chris am Nachmittag nach Hause kam, hatte Benni gerade damit begonnen, Fußballnummern in das Zirkusprogramm einzubauen, was Emma für einen Akrobaten nicht sehr passend fand. Er stapelte an dem einen Ende des Zimmers Bauklötze, rannte dann ans andere Ende und versuchte, sie mit einem kleinen Ball umzuschießen.

»Das ist nicht akrobatisch, Benni!«, schimpfte Emma.

Dem Publikum, das an der Tür stand, schien die Nummer aber zu gefallen.

»Los, schieß!«, brüllte Opa.

»Hau alle um!«, rief Mama.

Benni legte sich den Ball vor die Füße, drehte den Kopf und rief: »Oma, guck!« Es war das allererste Mal, dass er Oma sagte, und Omas sonst so kühles Herz schmolz wie warme Butter in der Pfanne, und sie musste ein bisschen weinen, weil es sie an früher erinnerte. Opa schloss sie einfach in die Arme und drückte ihr einen Kuss auf die Stirn und sie vergrub ihr Gesicht in seinem Strickpullover voller Holzspäne, ohne lang darüber nachzudenken, ob er porentief sauber war.

Eine Sekunde später fiel der Bauklotzturm mit lautem Krachen um, und Benni brüllte: »Tor!«

Als sie nach der Zirkusvorstellung unten in Omas Küche saßen und mit dem Essen fertig waren, verschwand Mama kurz in der Diele und kam mit einer Papprolle herein, die sie vor Chris auf den Tisch legte.

»Was ist das?«

»Ein Paket für dich.«

»Von wem?«

»Guck nach.«

Theresa Kordes lautete der Absender – seine Patentante aus Ratzeburg! Chris konnte es kaum glauben.

»Ich dachte, ihr seid für immer verkracht!«

»Jetzt nicht mehr«, sagte Mama stolz. »Ich habe sie angerufen und mich wieder mit ihr vertragen. Mach auf.«

In der Papprolle waren ein Brief und etwas Längliches, eingepackt in Geschenkpapier mit aufgedruckten Fischen.

Chris öffnete zuerst den Brief und las ihn vor:

Mein lieber Chris,

Mama und ich haben über alles geredet, und es tut uns leid, dass wir wegen dem Seepferdchen so lange zerstritten waren und wir beide, du und ich, uns nun drei Jahre nicht mehr gesehen haben. Wenn du willst, kannst du mich nächsten Sommer in Ratzeburg besuchen – ich habe nämlich eine Überraschung für dich. Weißt du, was es hier gibt? Eine Tauchschule. Wir können zusammen einen Tauchkurs machen, Mama hat es erlaubt. Das ist mein verspätetes Geburtstagsgeschenk für dich. Herzlichen Glückwunsch zum Zwölften! Und damit

du in der Badewanne schon mal üben kannst, liegt in der Rolle noch was drin!
Liebe Grüße von deiner Theresa

Er riss das Fisch-Geschenkpapier auf und zum Vorschein kam ein Schnorchel!

»Das ist C«, bemerkte Emma.

»Ich mache nächstes Jahr einen Tauchkurs! Danke, Mama!«

»Ja, aber etwas fehlt noch«, sagte sie.

»Ja, nämlich A«, bemerkte Emma.

Mama zog eine große Plastiktasche unter Omas Küchenbank hervor, und als Chris sie öffnete, lagen darin genau die schwarzblauen Flossen, die er sich zum Geburtstag gewünscht hatte.

»Probier sie doch mal an«, sagte Opa, und Chris holte seine Taucherbrille, befestigte den Schnorchel und setzte sie auf. Dann zog er die Flossen an, watschelte mit ihnen zwei Runden unbeholfen durch die Küche und stellte sich dabei vor, wie elegant er mit seiner ABC-Ausrüstung irgendwann durchs Wasser schweben würde.

Mama, Opa, Oma und Emma applaudierten.

Und Benni sagte: »Fischmann.«

22. Kapitel

DER RETTUNGSWAGEN

Die erlösende Nachricht, dass die neuen Stammzellen ihre heilende Wirkung im Körper von Titus' und Bennis Mutter taten, kam Mitte November, und Titus jubelte und tanzte mit Benni auf dem Arm durchs ganze Haus. Er und Oma fuhren in die Klinik und durften diesmal sogar das Zimmer betreten, allerdings nur mit einem Mundschutz. Titus' Mutter trug ein blaues Kopftuch und sah wirklich schon viel besser aus, nicht mehr ganz so blass und erschöpft, und Oma versicherte ihr, dass sie sich um ihre Kinder keine Sorgen machen müsse. Alles sei in Ordnung und sie könne ganz in Ruhe erst einmal gesund werden. Wenig später schlief Titus' Mutter mit einem Lächeln auf den Lippen wieder ein.

In dem *Zimmer*, das inzwischen das Gästezimmer war, hatte Titus an der Wand irgendwann den blauen

Rahmen mit dem Foto der beiden kleinen Jungen bemerkt, die sich zum Verwechseln ähnlich sahen. Es war das einzige Bild, das bei der großen Aufräumaktion nicht auf dem Speicher gelandet war, und Chris hatte ihm erklärt, wer darauf zu sehen war. Seither hatte Titus ihn öfter gefragt, ob sie nicht zusammen zum Friedhof gehen könnten, weil er Christians Grab sehen wollte.

Anfangs hatte Chris sich noch geweigert, aber nach der guten Nachricht aus dem Urban- Krankenhaus änderte er seine Meinung. Also zogen er und Titus an einem grauen Samstagvormittag im November los, stapften den Waldweg zum See hinunter und blieben am Stauwehr kurz stehen, um nachzusehen, wie groß der Laubpfropfen war, der das Abflussgitter zum Bach verstopfte.

»Stell dir vor, du fällst da rein«, sagte Titus. Er erschauerte. »Unter all den Blättern sieht man sicher gar nichts mehr.«

»Nur ein Rettungstaucher«, sagte Chris. »Die haben Lampen.«

Sie passierten das Wehr, bogen rechts ab und folgten dem Pfad, der zunächst noch eine Weile am Ufer entlangführte und dann durch eine Siedlung Richtung Friedhof.

»Wie geht es deinem Vater?«, fragte Chris.

»Viel besser. Jetzt, wo er weiß, dass Mama wieder gesund wird, braucht er bestimmt keine Pillen mehr.«

»Müsst ihr bald zurück?«

Titus zuckte mit den Schultern. »Wahrscheinlich darf Papa nächste Woche schon nach Hause. Und dann wollen wir alles aufräumen und putzen, für den Tag, an dem Mama zurückkommt. Übrigens hat dein Vater ihm netterweise angeboten, die Waschmaschine reparieren zu lassen. Darüber hat er sich total gefreut.«

Auf dem Friedhof fand Chris den richtigen Weg sofort, obwohl er viele Jahre nicht mehr dort gewesen war. Er wusste trotzdem, wo sein Bruder lag. Nach der Wasserpumpe links.

Christian
17.10.2003 – 20.07.2006
In Liebe, Mama, Papa & Christoph

stand auf dem Grabstein. Rechts und links rankten sich zwei der schönen Rosensträucher, die Opa auch zu Hause im Garten gepflanzt hatte. Das Kiesbeet vor dem Stein war mit kleinen Topfpflanzen geschmückt, und dazwischen steckte Mini-Tröti, das kleinste Mitglied der Stoffelefantenfamilie. Durch die vielen Regentage der letzten beiden Wochen sah er ziemlich mitgenommen aus.

Chris zog den kleinen Rettungswagen aus seiner Jackentasche und stellte ihn so hin, dass es aussah, als würde er Mini-Tröti zu Hilfe eilen.

»Der hat früher mal Christian gehört.«

»Vermisst du ihn?«

»Ich hab ihn ja nicht gekannt, also kann ich ihn auch nicht vermissen. Aber schön wär's trotzdem, wenn er noch da wär. Einen Bruder zu haben, ist bestimmt toll.«

Titus lachte. »Nicht, wenn er noch in die Windeln macht.«

»Ja, aber wir wären ja gleich alt«, sagte Chris und betrachtete den Stein eine ganze Weile nachdenklich. »Findest du eigentlich, dass Christoph besser klingt als Chris?«

»Nee. Chris klingt besser.«

»Aber es ist nur die erste Hälfte!«

»Dann heb die andere für später auf.«

Auf dem Rückweg nieselte es, ein feiner Sprühregen, der ihnen ins Gesicht wehte, aber als sie das Stauwehr erreichten, verzog sich das milchig weiße Nebelgrau für einen Moment und fahles Sonnenlicht fiel auf den See.

Titus warf einen Stein. Chris warf seinen sehr viel weiter. Sie sprangen im Unterholz herum, klaubten alle Steine, die sich gut werfen ließen, unter den Blättern hervor, und bombardierten damit die Wasseroberfläche.

»Schade, dass ihr wieder ausziehen müsst«, keuchte Chris.

»Mama kann sich immer noch leicht anstecken«, sagte Titus. »Deswegen müssen wir zu Hause alle einen Mundschutz tragen, wenn sie aus dem Krankenhaus zurück ist. Das mag Benni bestimmt nicht und dann kommen wir zu euch.«

»Wieso hast du damals eigentlich gesagt, dass du ein Vampir bist?«

Titus dachte nach. »Ich glaub, ich hab's gesagt, weil Frau Vogler beinahe vor der ganzen Klasse ausposaunt hätte, dass meine Mutter so krank ist. Und bevor ich zu euch kam, haben sie mich in meiner alten Schule immer so genannt. Hallo, Vampir. Hau ab, Vampir. Na, Vampir? Ich hatte mich fast schon dran gewöhnt.«

Chris sah ihn an. Seine Gesichtsfarbe war ganz normal, die Augenränder waren verschwunden und die Wangen wirkten etwas runder. Er hatte zugenommen und seine Arme schlackerten beim Gehen nicht mehr kraftlos hin und her. Das strähnige Haar, das ihm früher bis auf die Schultern gehangen hatte, war inzwischen kurz geschnitten. Nichts an ihm erinnerte mehr an einen Vampir.

»Außerdem habe ich mich manchmal wirklich so gefühlt«, sagte Titus. »Wie ein Untoter, total müde. Ganz leer im Kopf … Und leer im Bauch.« Er lachte.

Chris zückte sein Handy. »Schon Viertel vor eins! Oma macht heute Klöße!«

Omas Kochzeiten richteten sich stets präzise nach der Küchenuhr, die über der Tür hing, und an den Wochenenden schaltete sie die Herdplatten pünktlich um ein Uhr ab. Danach wurde sofort gegessen, ganz gleich, wer mit am Tisch saß.

Titus und Chris rannten los, sprangen über bemooste Wurzeln und schlitterten über nasse Blätter. Doch an der nächsten Abzweigung lag mitten auf dem Waldweg ein verlorener Teddy mit traurigen Augen, und ziemlich weit hinten – leider in entgegengesetzter Richtung zum Nachhauseweg – war eine Frau zu erkennen, die eilig einen Kinderwagen vor sich herschob. Sie sprinteten ihr rufend und winkend hinterher, warfen der verdutzten Frau den geretteten Teddy in den Wagen und rannten lachend wieder zurück. Dann stolperte Titus auf halber Strecke über einen quer liegenden Ast, schlug der Länge nach hin und Chris half ihm wieder auf die Beine. Ein paar Sekunden später trat er selbst, kurz bevor der Waldpfad endete, in eine unter Laub verborgene Schlammpfütze, und Titus zog ihn wieder raus. Und als sie Seite an

Seite endlich in die kleine Kastanienallee einbogen und zum Endspurt ansetzten, warteten Emma und Benni schon an der Gartenpforte und brüllten aus Leibeskräften: »Schneller, schneller, die Klöße werden kalt!«

Danken möchte ich …

Dr. med. Mathias Meng am St. Josefskrankenhaus in Freiburg für seine Hilfe und Beratung bei meinen medizinischen Fragen und *SaBine Büchner* für den Kontakt. Außerdem *Dr. med. Brigitte Strahm* für ihren Kommentar.

Dr. med. Antoni Lang in Hannover für ihren Rat zum Thema Stimmstörungen.

Barbara Gelberg für ihre Anregung zu Lucy, aus der dann Emma wurde.

Rusalka Reh fürs »Eindampfen« (Verdichten) des zum Glück nicht existierenden Lore-Romans »Lara Lorner und der tote Schuster«.

Regina Kehn und *Kerstin Schürmann* für den tollen Umschlag.

Und ganz besonders, wie immer, *Michael Turnbull*, fürs rasche Erstlesen und alle seine guten Ratschläge.

Wahnsinn!

Salah Naoura

Star

Roman
Gebunden, 208 Seiten
Beltz & Gelberg (82034)
Gulliver (74519)
ab 11

Marko kann es nicht fassen, er hat auf das richtige Pferd gesetzt und gewinnt beim Pferderennen in Hoppegarten. Er kann plötzlich hellsehen – zumindest sind alle so überzeugt davon, dass Marko es fast selbst glaubt. Über Nacht wird er berühmt und ist bald ein Superstar. Er genießt sein neues Leben, logisch, doch dann läuft leider immer mehr schief …

»Salah Naoura mischt seinen kritischen Blick auf aktuelle Phänomene mit einer Leichtigkeit im Erzählton, die ›Star‹ absolut lesenswert macht.« *Stuttgarter Nachrichten*

»Eine unglaublich spannende und total witzig geschriebene Geschichte. Allerfeinster Lesespaß!« *Südwest Presse*

www.beltz.de BELTZ & Gelberg